Le secret de Mona

Patrick Bard

Le secret de Mona

Worterklärungen
von Laure Boivin

Ernst Klett Sprachen
Stuttgart

1. Auflage   3 | 2025

© 2020 by SYROS – Sejer – Paris, France.
Édition originale : *Le secret de Mona*
© Ernst Klett Sprachen GmbH, Rotebühlstraße 77, 70178 Stuttgart, 2023.
Alle Rechte vorbehalten. Die Nutzung der Inhalte für Text- und Data-
Mining ist ausdrücklich vorbehalten und daher untersagt.
www.klett-sprachen.de

Worterklärungen von Laure Boivin
Redaktion: Edith Michaelsen
Layoutkonzeption: Elmar Feuerbach
Gestaltung und Satz: Joachim Schrimm, ETYPO, Friolzheim
Umschlaggestaltung: Andreas Drabarek
Titelbild: Shutterstock (HappySloth), New York, NY
Druck und Bindung: Salzland Druck, Staßfurt

Printed in Germany
ISBN 978-3-12-592346-1

Table des matières

Ah ! vous niez ! Eh bien, dérangez-vous quelques heures, venez avec nous, incrédules, et nous vous ferons voir de vos yeux, toucher de vos mains les plaies, les plaies saignantes de ce Christ qu'on appelle le peuple !

5

Victor Hugo, discours du 30 juin 1850
à l'Assemblée nationale sur la misère à Lille.

---

1 **nier** leugnen – 1 **se déranger** se déplacer, bouger – 2 **incrédule** qui ne croit pas qc (ungläubig) – 3 **une plaie** Wunde – 3 **saignant** → saigner (bluten)

Nicolas Pelletier, gendarme

Le gendarme Nicolas Pelletier jette un œil rapide sur ses notes. Distrait par une bourrasque soudaine, il se tourne vers la fenêtre de son bureau et se perd dans la contemplation du ciel traversé par un cortège de nuages, qu'un vent furieux
5 pousse avec l'entêtement d'un chien de troupeau déchaîné. L'averse se mue brutalement en grenaille glacée. La grêle fouette les vitres, l'arrachant à sa rêverie. Pelletier frissonne, allume enfin l'ordinateur et pose les mains sur le clavier aux touches partiellement effacées par l'usure.

10 *Rapport de la gendarmerie de Nogent-le-Rotrou*
Procédure d'enquête de délit flagrant suite à procès-verbal d'infraction au code de la route
Brigade territoriale de proximité de gendarmerie de Nogent-le-Rotrou
15 *Procès-verbal 115/2019*
N° pièce : 2
N° feuillet : 1
Le vingt-trois mars deux mille dix-neuf à neuf heures quarante-cinq minutes :
20 *Nous soussigné Pelletier Nicolas, gendarme, en résidence à Nogent-le-Rotrou.*
Vu l'article L221-2 du code de la route IV, dans les conditions prévues aux articles 495-17 et suivants du code de procédure

---

2 **distrait** abgelenkt – 2 **une bourrasque** Bö – 3 **la contemplation** *ici :* l'observation *f* – 4 **un cortège** *ici :* un groupe – 5 **l'entêtement** *m* Eigensinn – 5 **un chien de troupeau** *m* Herdenschutzhund – 5 **déchaîné** excité – 6 **une averse** la pluie – 6 **se muer** se transformer – 6 **la grenaille** des grains de métal – 6 **la grêle** Hagel – 7 **fouetter qc** *ici :* gegen etw schlagen – 7 **une vitre** une fenêtre – 7 **arracher qn à une activité** forcer qn à arrêter son activité – 7 **frissonner** trembler légèrement – 9 **l'usure** *f* Abnutzung – 10 **un rapport** *ici :* Bericht – 10 **la gendarmerie** C'est une branche militaire de la police qui a les mêmes fonctions que la police mais qui est présente autour des villes et à la campagne. – 11 **une enquête** *ici :* Ermittlungen – 11 **un flagrant délit** frisch begangene Tat – 11 **un procès-verbal** Strafmandat – 12 **une infraction** un délit – 20 **soussigné** der Unterzeichnende

pénale, nous agissons à Nogent-le-Rotrou, après en avoir avisé
l'APJ Dos Santos Alain, de la Brigade de Nogent-le-Rotrou,
agent de police judiciaire, en charge de la sécurité publique,
territorialement compétent, et procédons aux opérations
5 *suivantes :*
    1- PROCÈS-VEBRAL...

Et merde ! Foutue dyslexie. Le gendarme Pelletier efface les
quatre dernières lettres. La langue coincée entre ses lèvres, il
corrige d'un index prudent sur le clavier : VERBAL.

10   Puis il cesse de taper et se repasse en boucle la journée d'hier.

Il n'est pas près de l'oublier, celle-là. Tout avait pourtant bien
commencé. Après un début mars froid et pluvieux, le beau
temps revenait enfin. La lumière dorée du soleil baignait déjà
la campagne quand, avec Aurélie Guyon, ils se sont postés à
15 l'intersection de la D 9 et de la D 103.13 aux alentours de 8 h 00.
Ils ont relevé une ou deux infractions, pas grand-chose,
vraiment. Jusqu'à l'apparition de la Twingo orange toute
pourrie.

    C'est là que ça a dégénéré.

---

1 **une procédure pénale** Strafprozess – 1 **aviser qn** informer qn – 2 **un APJ** *abrév* agent
de *police judiciaire* (Kriminalpolizei) – 7 **la dyslexie** Legasthenie – 9 **l'index** *m*
Zeigefinger – 10 **cesser** arrêter – 10 **se repasser qc en boucle** *f ici :* se rappeler encore
et encore qc – 12 **pluvieux** → la pluie – 15 **une intersection** Kreuzung – 15 **aux**
alentours de vers (gegen) – 18 **tout pourri** *fam* en très mauvais état – 19 **Ça dégénère**
les problèmes commencent, la situation devient mauvaise

1. LE CARREFOUR

Mona

Franchement, je les ai pas vus. Sérieux, à ce moment-là, j'étais plus préoccupée par Justin qui grelottait de fièvre dans son siège bébé à l'arrière. J'ai bien marqué l'arrêt, mais c'était plus par
5 habitude. Je voulais tellement arriver vite à l'hôpital... J'espérais qu'une seule chose : qu'ils nous fassent pas poireauter trop longtemps, là-bas aux urgences. La fois où je m'étais cassé le bras en tombant de vélo, j'avais attendu avec ma mère jusqu'à 3 heures du matin avant qu'un médecin africain s'occupe de
10 mon cas.

Christelle m'avait pourtant expliqué mille fois, quand elle m'avait appris à conduire, qu'aux stops il fallait vraiment s'arrêter, et puis compter jusqu'à cinq, lentement. J'avais toujours fait attention. Mais pas là.

15 La première fois où ma mère m'a collé un volant entre les mains, j'avais même pas encore quatorze ans.

C'était en hiver. Les champs avaient été moissonnés en octobre, et il avait gelé. La terre était dure. Christelle avait pris un chemin qui débouchait au beau milieu d'une parcelle.
20 L'horizon était dégagé. Elle avait arrêté la voiture – à l'époque, on avait encore la 807 Peugeot que ma mère avait achetée d'occasion.

Je l'adorais, cette voiture, sérieux. Une fois, on est parties toutes les deux en virée. On a même dormi à l'arrière, allongées

---

2 **franchement** honnêtement (ehrlich gesagt) – 3 **grelotter de fièvre** Schüttelfrost haben (**la fièvre** Fieber) – 4 **marquer** *ici :* beachten – 6 **poireauter** *fam* attendre – 15 **un volant** Steuer – 17 **moissonner** (ab)ernten – 18 **geler** (ge)frieren – 20 **dégagé** sans nuages – 22 **d'occasion** ≠ neuf, nouveau – 24 **une virée** *ici :* un court voyage en voiture (Spritztour)

sur la moquette. Christelle avait enlevé les sièges et c'était devenu un genre de camping-car. On a été jusqu'au bord de la mer, à Ouistreham, et ce week-end-là a été génial. Dommage qu'il y en ait jamais eu d'autres...

5 Souvent, je me repasse le film.

Elle avance le siège, coupe le contact et elle me regarde :
– Mona ?
– Quoi ?
– Prends le volant.

10 – Mais... maman ! Ça va pas ? Je sais pas conduire !
– T'en meurs d'envie, je sais.
– Mais... j'ai pas l'âge, je suis trop jeune, on n'a pas le droit ! Quand j'aurai seize ans, je pourrai faire la conduite accompagnée.

15 – Parce que tu crois que j'aurai les moyens, toi ? Même pas en rêve, ma petite fille. Et puis on sait pas ce qui peut arriver, hein ? Autant que t'apprennes.

Ses yeux étincellent.
– Allez, vas-y !

20 Mon cœur se met à battre dans ma poitrine comme si elle allait exploser, ma bouche devient toute sèche et mes mains virent au moite. Je me glisse derrière le volant, toute tremblante. Il me paraît immense, ce machin, grand comme la barre d'un trois-mâts. Il faut dire que je suis pas non plus ce qu'on appelle

25 un grand format. Les médecins disent que c'est parce que Christelle est pas arrivée à arrêter de fumer quand elle est tombée enceinte. Du coup, j'ai été un tout petit bébé. Pareil pour Justin. Tout le contraire de notre mère. Christelle, elle, est plutôt charpentée. J'en sais quelque chose...

30 – Contact.

---

1 **la moquette** Teppichboden – 6 **un siège** un fauteuil dans une voiture – 6 **couper le contact** ausschalten – 13 **la conduite accompagnée** Begleitetes Fahren – 15 **avoir les moyens** mpl avoir assez d'argent pour payer qc – 18 **étinceler** briller – 20 **la poitrine** Brust – 22 **moite** humide (feucht) – 23 **un machin** fam un truc – 23 **une barre** ici : Ruder, Steuerrad – 24 **un trois-mâts** un bateau à trois mâts – 27 **tomber enceinte** attendre un bébé – 27 **du coup** alors, par conséquent – 29 **charpenté** kräftig gebaut

Je tourne la clé. Le moteur démarre sans se faire prier.
– Pied sur l'embrayage. Enfonce. Passe la première.
Jusque-là, tout va bien.
– Relâche doucement la pédale.
5 La 807 fait un bond en avant et elle cale. Je regarde maman,
la mine coupable.
– C'est pas grave, ma puce. C'est rien. Recommence.
Au troisième essai, je réussis enfin à faire avancer la voiture.
– Deuxième.
10 Je passe la deuxième et complètement paniquée, je hurle
dans l'habitacle :
– Et maintenant, je fais quoi ?
Christelle enfonce l'allume-cigare. Elle s'allume tranquillement une clope avant de se renverser dans son siège.
15 – Tu vas où tu veux. T'as vu la taille du champ ? On risque
rien.
C'était, genre, comme à la fête du village, avec les auto-
tamponneuses, mais sans les garçons. Je me suis mise à faire
des huit au milieu des tiges de maïs ratiboisées. Je riais. J'ai
20 passé la troisième sans que Christelle ait besoin de me dire quoi
que ce soit. Ouais, je la kiffais grave, cette 807. Sauf que
quelques mois plus tard, la banque l'a reprise. Ma mère arrivait
plus à payer le crédit. C'est là qu'elle a trouvé la vieille Twingo
au bout du rouleau, chez le garagiste de Vimoutiers qui la lui
25 a laissée pour mille euros. Christelle a payé en trois fois qui
sont vite devenues quatre ou cinq, je sais plus, j'ai perdu le
compte. Elle claquait tout dans les jeux à gratter et ses putains
de clopes.

---

1 **démarrer** anlaufen – 1 **sans se faire prier** sans problème – 2 **l'embrayage** *m*
Kupplung – 2 **la première** *ici :* erster Gang – 4 **relâcher la pédale** den Fuß von dem
Pedal nehmen – 5 **un bond** un saut – 5 **caler** (voiture) absterben – 7 **ma puce** *fam*
meine Kleine – 10 **°hurler** crier – 11 **un habitacle** Fahrgastzelle – 14 **une clope** *fam* une
cigarette – 17 **une auto-tamponneuse** Autoskooter – 19 **une tige** Stängel – 19 **ratiboisé**
coupé très court – 21 **kiffer grave** *fam* adorer – 24 **au bout du rouleau** *fam ici :* qui a
beaucoup servi et ne fonctionne presque plus – 27 **claquer** (son argent) dépenser
(ausgeben) – 27 **un jeu à gratter** Rubbelspiel – 27 **putain de qc** *vulg* verdammte(r, s)
Sache – 28 **une clope** *fam* une cigarette

Voilà, c'est comme ça que j'ai appris à conduire.

À partir de là, tous les week-ends, elle m'a systématiquement passé le volant. D'abord dans des champs, puis des chemins de terre, et enfin sur des petites routes. La trouille que j'ai pas eue quand j'ai croisé une voiture pour la première fois !

J'ai beau essayer, j'arrive pas à me rappeler les gendarmes. Tout ce dont je me souviens, c'est que je suivais Solène sur son scooter, et qu'elle les a pas vraiment vus. Elle, elle a carrément grillé le stop et il s'est rien passé. Il lui est rien arrivé. Alors, j'ai avancé aussi. Probable que je me suis même pas vraiment arrêtée, que j'ai même pas mis la Twingo au point mort. Que j'ai juste ralenti avant de m'aventurer sur la grande route pour rattraper Solène, mais d'un coup, le gendarme a été là, debout devant le capot, son bras tendu vers le bas-côté pour me faire signe de m'arrêter, sans que je comprenne pourquoi. Après, tout est allé à la fois très vite et très lentement.

J'ai balayé du regard le carrefour autour de moi, mesuré mes chances. J'allais tout de même pas lui rouler dessus ! L'espace d'un dixième de seconde, j'ai quand même pesé la possibilité de faire un écart et d'écraser la pédale d'accélérateur, mais à ce moment-là, j'ai vu le véhicule de gendarmerie garé au bord de la route, et la femme assise au volant. Sûr qu'ils démarreraient immédiatement pour nous prendre en chasse. Et c'était pas avec mon tas de ferraille que j'allais les semer. C'était mort. J'ai mis mon clignotant et je me suis garée. À l'arrière, je pouvais entendre les dents de Justin claquer.

---

4 **la trouille** *fam* la peur – 6 **avoir beau faire qc** vergeblich etw tun – 8 **carrément** simplement – 9 **griller** *ici :* überfahren – 11 **le point mort** Leergang – 14 **un capot** Motorhaube – 14 **le bas-côté** Straßenrand – 19 **peser** (ab)wägen – 20 **faire un écart** zur Seite ausweichen – 20 **la pédale d'accélérateur** Gaspedal – 23 **prendre qn en chasse** poursuivre qn – 24 **un tas de ferraille** *f* Schrotthaufen – 24 **semer qn** jdn abhängen – 25 **mettre son clignotant** blinken

Nicolas Pelletier, gendarme

Il aurait pu laisser couler. Elle avait marqué le stop, il ne manquait pas grand-chose. S'il n'y avait pas eu les directives de la préfecture les incitant à la sévérité après les destructions
5 de radars et le mouvement des Gilets jaunes, il aurait sans doute lâché l'affaire. D'autant qu'à en juger par l'état du véhicule, son propriétaire n'avait visiblement pas besoin d'une amende pour plomber ses comptes. Il a soupiré et s'est résigné à faire un pas en avant. Quand il a découvert la conductrice,
10 il a même franchement regretté de ne pas l'avoir laissée poursuivre sa route. Elle ne devait pas avoir son permis depuis bien longtemps, à en juger par son allure de gamine. Quand il s'est penché par la vitre baissée et qu'il a découvert le bébé sanglé dans son siège à l'arrière, il a été surpris. La conductrice
15 avait l'air si jeune…
– Vous savez pourquoi je vous arrête ?
– Non.
Il a détaillé l'expression à la fois paniquée et lasse de son visage, ses yeux cernés, son front pâle où perlaient des gouttes
20 de sueur.
– Le stop.
– Ben quoi, le stop ?
– Vous ne vous êtes pas arrêtée.
Elle a tourné la tête, regardé derrière elle par la portière, s'est
25 mordu la lèvre inférieure. Elle a marmonné :

4 **inciter qn à qc** jdn zu etw anregen – 4 **la sévérité** Strenge – 5 **un radar** *ici* : Blitzer – 5 **le mouvement des Gilets jaunes** un mouvement de protestation qui a débuté en octobre 2018 contre la hausse du prix du *carburant* (Treibstoff) et qui est ensuite devenu plus général (les manifestants portaient un gilet jaune de sécurité) – 6 **lâcher l'affaire** *fam* arrêter de s'occuper de qc – 6 **d'autant que** zumal – 8 **une amende** Geldstrafe – 8 **plomber** *ici* : belasten – 8 **soupirer** seufzen – 8 **se résigner à faire qc** sich damit abfinden etw zu tun – 11 **un permis (de conduire)** Führerschein – 12 **une allure** une apparence – 12 **un(e) gamin(e)** *fam* un(e) enfant – 14 **sanglé** attaché – 18 **las, lasse** fatigué – 19 **avoir les yeux cernés** Ringe unter den Augen haben – 20 **la sueur** Schweiß – 25 **se mordre la lèvre** sich auf die Lippe beißen – 25 **inférieur** d'en bas, du dessous

– Ben si.

– Et moi je vous dis que non.

Cette fois, elle s'est carrément tournée vers lui et elle a planté ses yeux couleur de pierre noire dans les siens.

5 – Peut-être, je sais pas. Je suis pressée.

Pelletier a franchement passé la tête dans l'habitacle, considéré le gosse d'un peu plus près – pas plus d'un an, à vue de nez. Il frissonnait à l'arrière, livide. Le gendarme a encore regardé la jeune femme. Il a demandé :

10 – Il est à vous ?

Elle a hésité, peut-être un peu trop longtemps à présent qu'il y repense.

– C'est mon petit frère. Je l'amène aux urgences. Il est malade. Je vous en supplie, monsieur l'agent. Faut que j'y aille, il est

15 mal, là.

Il a extrait son long torse de la Twingo, a lancé un regard consterné en direction de sa collègue qui attendait dans la Partner bleu marine de la gendarmerie.

– Bon, attendez-moi ici.

20 Aurélie avait déjà ouvert sa portière du côté conducteur. Tout en marchant vers elle, il lui a expliqué la situation. Elle a tout de suite réagi :

– Je crois qu'on ferait mieux de l'escorter jusqu'à l'hôpital. Dans l'état où elle est, tout ce qu'elle risque, c'est de se planter

25 en voulant arriver trop vite.

Pelletier a acquiescé du menton. Aurélie s'est réinstallée au volant de la Partner et elle a mis le contact. Pelletier a fait demi-tour. Il est retourné expliquer la situation à la jeune fille avant de rejoindre sa collègue. Ils ont mis le gyrophare en marche et

30 ils ont démarré, ouvrant la voie à la Twingo.

---

6 **franchement** freimütig – 7 **un gosse** *fam* un enfant – 8 **livide** bleich – 14 **supplier qn** jdn anflehen – 16 **extraire** sortir – 17 **consterné** bestürzt – 24 **se planter** *fam ici :* avoir un accident – 26 **acquiescer** approuver, accepter – 29 **un gyrophare** Blaulicht

Mona

80 à l'heure ! Sur une route pareille ? Putain, mais ils auraient pu rouler un peu plus vite, avec leur sirène à la con, les flics ! Si ça avait été moi, sérieux...

5 J'ai quand même poussé un soupir de soulagement. Je voulais croire que tout allait bien se passer. En plus, en débarquant avec les gendarmes, c'est sûr qu'aux urgences, ils allaient s'occuper de Justin tout de suite. N'empêche, j'ai eu drôlement peur. Heureusement que j'étais tombée sur un brave type. 10 Plutôt BG, en plus. Bon, sauf qu'il avançait pas.

Enfin, on est arrivés en vue du château de Nogent. Encore cinq minutes et on serait à l'hôpital. Et Justin qui arrêtait pas de gémir. Bordel ! Je l'ai rassuré comme je pouvais :

– Tiens bon, mon bonhomme, on y est !

15 Je me dévissais le cou pour essayer d'apercevoir Solène. Elle avait dû foutre le camp.

Valait mieux. Elle roule sans assurance, faut dire...

---

3 **un flic** *fam* un policier – 5 **un soulagement** Erleichterung – 8 **n'empêche** *fam* mais (aber dennoch) – 10 **BG** *abrév de* beau gosse *fam* gut aussehend – 13 **gémir** stöhnen – 13 **rassurer qn** jdn beruhigen – 15 **se dévisser le cou** *fam* sich den Hals verrenken – 16 **foutre le camp** *fam* partir – 17 **une assurance** Versicherung

2. L' HÔPITAL

Mona

Comme j'avais imaginé, la vue des gendarmes a dopé les infirmiers. Justin a été pris en charge immédiatement, une pédiatre est descendue le voir. J'avais pas eu le temps de le
5 changer et l'odeur qui émanait de son petit corps a fait que confirmer le diagnostic posé par le médecin. Rien de grave, c'était juste une gastro carabinée avec de la fièvre. Il faudrait quand même surveiller ça de près, a insisté la femme sur le badge duquel était écrit : « Dr Fatima Estevez ». À son accent,
10 j'ai pensé qu'elle devait venir d'un autre pays. Justin était déshydraté. Estevez lui a prescrit des antibiotiques et elle a décidé de le garder au moins jusqu'au soir, le temps de lui poser une perf et de le réhydrater.

À ce moment-là, une infirmière a réalisé que, dans la panique
15 du moment, tout le monde avait oublié d'enregistrer Justin. Elle m'a renvoyée à l'accueil. Là, une préposée en blouse blanche retranchée derrière son guichet m'a tendu un formulaire à remplir en me demandant la carte Vitale sur laquelle l'enfant était inscrit. Je lui ai donné ce qu'elle voulait. Elle a complété
20 la fiche en appuyant un peu trop fort sur le stylo. Elle m'a rendu la carte de Christelle et je suis retournée m'asseoir au chevet de Justin. J'ai envoyé en douce un message audio à Solène pour la rassurer :

---

2 **doper qn** *ici : fam* motiver fortement qn – 4 **un(e) pédiatre** Kinderarzt/-ärztin –
5 **changer un bébé** ein Baby wickeln – 7 **une gastro**(entérite) Magen-Darm-
Entzündung – 7 **carabiné** *fam* très fort – 13 **une perfusion** Infusion – 16 **un(e)**
préposé(e) un(e) employé(e), un(e) agent(e) – 16 **une blouse** Arbeitskittel –
17 **un guichet** Schalter – 18 **la carte Vitale** la carte de l'assurance maladie
(Krankenversicherungskarte) – 22 **en douce** discrètement

« Sérieux, ma vieille, t'as eu du pot qu'ils t'arrêtent pas ! Ils t'auraient gardé le scooter. T'aurais été piétonne, ma parole ! »

Solène m'a immédiatement balancé une rafale de smileys avant de répondre :

5 « Arrête, ils m'ont même pas vue. Sans dec, moi non plus. Le pot ! Sinon, j'étais pas près de revenir te voir ! »

Je lui ai renvoyé un smiley en retour avec un GIF, puis des cœurs vermillon qui se multipliaient en montant vers le ciel. Avec Solène, je peux toujours relâcher la pression.

10 « J'te laisse, j'ai envoyé, Justin sort ce soir. »

J'ai rangé le téléphone vite fait dans ma poche.

Il commençait à faire très chaud là-dedans. D'un coup, je me sentais vaguement nauséeuse avec toutes ces odeurs d'éther, de maladie... J'étais pressée de rentrer à la maison, surtout.

15 D'une manière générale, j'aime pas m'absenter trop longtemps. Le petit s'était endormi. Je regardais sa poitrine minuscule qui se soulevait régulièrement. En tout cas, j'espère qu'il ressemblera pas à son père, cet enfoiré d'Anthony. Celui-là ! Du jour où il a mis un pied dans la maison, je l'ai haï. J'ai jamais

20 rien aimé en lui. Mais alors rien. Ni la manière dont il parlait à Christelle, ni la façon qu'il avait de me mater en douce quand je traversais la maison en sortant de la douche dans le gros peignoir en éponge qu'on avait récupéré dans un vide-grenier. Espèce de vieux vicelard ! Mais ce que j'ai détesté par-dessus

25 tout ? Ses accès de violence.

Au départ, Anthony était chauffeur poids lourd mais il s'est fait sucrer son permis : les flics l'ont chopé avec deux bons grammes de Ricard dans le sang. OK, d'accord, pas au volant

---

1 **avoir du pot** *fam* avoir de la chance – 2 **piéton(ne)** qui va à pied – 3 **balancer** *ici : fam* envoyer – 3 **une rafale** une salve (*ici : fig*) – 5 **sans déc(onner)** *fam* sérieusement – 8 **vermillon** zinnoberrot – 13 **se sentir nauséeux** Brechreiz haben – 16 **la poitrine** Brust – 16 **minuscule** très petit – 19 °**haïr** détester – 21 **mater** *fam* regarder, observer – 23 **un peignoir** Bademantel – 23 **en éponge** *f* aus Frottee – 23 **un vide-grenier** un marché d'objets de seconde main – 24 **un vicelard** *fam* zudringlicher Kerl – 26 **un chauffeur poids lourd** LKW-Fahrer – 27 **sucrer** *ici : fam* entziehen, beschlagnahmen – 27 **choper** *fam* attraper – 28 **le Ricard** un alcool à base d'anis (une marque de pastis)

de son camion, tout de même, juste de sa voiture à lui, mais pour les gendarmes, ça a rien changé. Il a perdu son boulot. J'ai jamais su s'il était déjà violent avant ou bien si c'est le chômage qui l'a rendu comme ça. En tout cas, quand il avait
5 un coup dans le nez, il tapait sur Christelle et de temps en temps sur moi, aussi. Mais Christelle, elle, elle l'aimait. Pas moi. La première fois qu'il lui a donné un coup de poing, je lui ai dit de nous laisser tranquilles, ma mère et moi. De partir. Putain, ça lui a pas plu ! Il m'a giflée. Christelle a pas pris ma défense
10 ni rien. Sérieux, si j'avais eu quelque part où aller, un père chez qui me réfugier, j'aurais fait mon sac et j'aurais foutu le camp sur-le-champ, ma parole ! Et même, si j'avais été majeure, je serais partie tout de suite. Mais à cette époque-là, j'avais que quatorze ans.

15 Quand je repense à mon père, j'ai pas beaucoup d'images qui me reviennent. Je l'ai pas connu longtemps. Mais je l'aime, même au-delà de la mort. C'est mon idole. Mon modèle. Mon père à moi toute seule.

Bon, Christelle est quand même restée avec Anthony. J'avais
20 toujours peur qu'il lui fasse quelque chose de pire que « juste » lui donner des coups. Les premiers temps, j'ai tout fait pour persuader ma mère de le quitter. Elle a fini par le mettre à la porte. Elle me disait que c'était terminé, qu'il reviendrait plus jamais. Elle faisait semblant d'être toute joyeuse. C'est à cette
25 époque-là qu'elle a décidé de m'apprendre à conduire.

Mais quelque temps plus tard, je l'ai grillée à cause d'un SMS langoureux qu'elle avait envoyé à Anthony. En vrai, elle continuait à le voir en cachette. Je pense même que c'est à ce moment qu'elle est tombée enceinte. On s'est engueulées
30 comme jamais. Christelle m'a dit des trucs épouvantables, que

---

5 **avoir un coup dans le nez** *fam* betrunken sein – 7 **un coup de poing** Faustschlag –
9 **gifler** qn jdn ohrfeigen – 11 **foutre le camp** *fam* partir – 12 **sur-le-champ** tout de
suite – 22 **persuader** convaincre (überzeugen) – 22 **mettre qn à la porte** obliger qn à
partir – 26 **griller qn** *fam* jdn erwischen – 27 **langoureux** amoureux, sentimental –
29 **s'engueuler** *fam* se disputer – 30 **épouvantable** horrible

j'étais indigne de son amour, que je la faisais souffrir encore plus qu'Anthony.

Je mangeais plus, je dormais plus, je faisais plus rien au bahut. Je me sentais tout le temps triste et vide, ou en colère.
5 Quand même, quand il vivait chez nous, il avait presque étranglé Christelle, un soir, et il lui avait cogné la tête contre une baignoire. C'était pas grave, ça, peut-être ?

Finalement, Anthony a tout simplement disparu de la circulation, et quand je parle de circulation, c'est un truc à
10 prendre au pied de la lettre parce qu'il a pris le volant de sa voiture une fois de plus sans permis – oui, c'est bon, je sais, y en a d'autres – et qu'une fois de plus, il était fin bourré et pour finir, cette fois-là, il avait pris de la coke. Il a percuté la vitrine de la boulangerie du Sap à 100 à l'heure. Une heure plus tôt, la
15 boulangère était encore là avec ses enfants. La chance, c'est qu'il a tué personne. Même pas lui, et franchement, si c'était arrivé, j'aurais pas pleuré. Il s'est arrêté dans le mur de l'arrière-boutique. Il était tellement fait qu'il essayait de redémarrer, ce con. Après ça, et pour faire bonne mesure, il a voulu casser la
20 gueule au père du boulanger et quand les gendarmes sont arrivés, il leur a sauté dessus : il a fallu qu'ils sortent le taser pour le maîtriser. Bon, il s'était tout de même méchamment ouvert le front, donc il a passé quelques jours à l'hôpital, son avocat a essayé de le coller en HP mais ça a pas marché et du
25 coup, il est parti en prison. On n'a plus jamais entendu parler de lui.

Quand Justin est né, il a pas eu de père déclaré. J'aurais pu être jalouse, mais il y a trop d'écart entre nous pour ça, et dès que je l'ai vu dans les bras de Christelle, j'ai été complètement

---

1 **être indigne de qc** etw unwürdig sein – 4 **le bahut** *fam* le lycée – 6 **étrangler** erwürgen – 7 **une baignoire** Badewanne – 10 **prendre qc au pied de la lettre** *expr* etw wörtlich nehmen – 12 **bourré** *fam* betrunken – 13 **percuter qc** gegen etw prallen – 18 **fait** *ici : fam* betrunken – 19 **pour faire bonne mesure** *ici : iron* als Krönung – 21 **un taser** *engl* Elektroschockpistole – 24 **un avocat** Rechtsanwalt – 24 **coller** *ici : fam* mettre – 24 **un HP** *abrév de* hôpital psychiatrique – 24 **du coup** *fam* alors, par conséquent – 28 **un écart** *ici :* une différence d'âge

chamboulée. J'ai voulu protéger ce petit bout de toutes les conneries que ma mère allait pas manquer de faire.

J'ai pas eu mon père bien longtemps, pour ma part. Il y a eu l'accident, quand j'étais toute petite. Un accident du travail. Mes
5 parents avaient acheté un hôtel-restaurant à Dreux, c'était une jolie petite affaire, selon Christelle. Le notaire assurait que tout avait été mis aux normes. Mais il y a eu une inspection et finalement, non, tout était pas aux normes. Il a fallu reprendre un crédit pour faire des travaux. Ils y connaissaient rien, alors
10 ils ont demandé conseil à un maçon et aussi à un copain pompier. Avec ça, ils pensaient être parés en matière de sécurité. Mais le pompier était pas plus expert que le maçon. L'hôtel-restaurant a continué à fonctionner quelque temps comme ça. Quand l'inspecteur est revenu quelques mois plus
15 tard, il a découvert que l'artisan qui avait fait les travaux avait enfermé un gros tableau électrique derrière un mur. Mon père s'est fâché, il a gueulé et il a viré l'inspecteur, qui leur a retiré l'agrément pour les chambres d'hôtel. Pour les ouvriers, ils faisaient pension et demi-pension. Alors, forcément, si les
20 entreprises ne pouvaient plus faire dormir les employés qui étaient sur les chantiers, ils allaient pas juste les faire manger là, parce que ça serait revenu plus cher. Le restaurant a perdu des clients. Les dettes se sont accumulées. Le tribunal a prononcé la liquidation. Le problème, c'était que nous, on
25 habitait là, aussi. On nous a coupé l'eau, l'électricité, et pour finir, mes parents ont reçu un courrier d'expulsion parce que vu qu'on n'avait pas fini de payer le crédit, l'immeuble allait être vendu aux enchères pour faire des logements. Papa a dit que c'était pas possible et il a décidé de mettre par terre le mur

---

1 **chamboulé** *ici :* erschüttert – 10 **un maçon** Maurer – 11 **un pompier** Feuerwehrmann –
11 **paré** *ici :* gewappnet – 15 **un artisan** Handwerker – 16 **un tableau électrique**
Stromkasten – 17 **virer qn** faire partir qn – 18 **un agrément** *ici :* Genehmigung – 18 **un
ouvrier, une ouvrière** Arbeiter(in) – 23 **une dette** Schuld – 23 **un tribunal** Gericht –
24 **une liquidation** *ici :* Auflösung – 26 **un courrier** une lettre – 26 **une expulsion** *ici :*
Zwangsräumung – 28 **vendre aux enchères** *fpl* versteigern

qui cachait le tableau électrique, et c'est comme ça que l'accident est arrivé. Il est tombé de l'échelle et il s'est tué. Papa est mort en héros, pour sauver sa famille. J'avais quatre ans.

Dans les années qui ont suivi, Christelle s'est mise à faire
5 n'importe quoi. Elle allait de plus en plus mal. Elle a commencé à traîner avec des types qui lui faisaient prendre des cachetons, qui la faisaient picoler. Elle a même failli perdre ma garde. Un jour, elle est arrivée à l'école complètement défoncée. Je devais avoir sept ans. Les mecs avec qui elle était attendaient devant
10 l'école, dans une voiture. Quand la directrice a vu dans quel état était Christelle, elle a refusé que je parte avec elle. Christelle s'est mise à supplier, à pleurer, elle expliquait qu'elle était pas une mauvaise mère. Moi, j'avais trop peur qu'on me sépare d'elle. Finalement, la directrice a pas appelé les gendarmes ni
15 rien, mais Christelle a dû promettre de plus fréquenter cette bande. En vrai, Anthony a juste été le dernier mec nul d'une longue série de mecs nuls. Des fois, je me demande qui c'est la mère et qui c'est la fille, sérieux...

Alors, quand Justin est arrivé, comme je savais que lui non
20 plus aurait jamais de père, je me suis sentie comme investie d'une mission. Le protéger. Être à la fois sa grande sœur et le père qu'il aurait pas. Bon, d'accord, un peu la mère, aussi.

Nicolas Pelletier, gendarme

Tout aurait pu s'arrêter là. Ils auraient simplement pu repartir
25 aussitôt que la jeune femme et l'enfant avaient été pris en charge par les urgences. Ils avaient failli, d'ailleurs. Mais au moment de quitter l'hôpital, il avait été pris d'un doute. Le

---

2 **une échelle** Leiter – 6 **un cacheton** *fam* un cachet, un médicament – 7 **picoler** *fam* boire – 7 **la garde** *ici :* Sorgerecht – 8 **défoncé** *ici : fam* bekifft, high – 12 **se mettre à faire qc** commencer à faire qc – 12 **supplier** anflehen – 20 **investi de qc** zu etw berufen – 27 **un doute** Zweifel

rapport de la matinée devrait expliquer les raisons impératives de l'assistance à la personne pour laquelle ils avaient dû quitter le carrefour. Ils avaient donc relevé l'immatriculation du véhicule et en avaient fait machinalement le tour. Le bilan auto avait été effectué dans les temps, l'assurance était à jour. Oui, définitivement, tout aurait pu s'arrêter là.

Mona

Une chance que le bilan auto était valable deux ans. Les sacrifices qu'il a fallu faire pour payer la foutue assurance dans les temps, pour que l'argent soit bien sur le compte au moment du prélèvement ! Le problème, c'était qu'il restait plus rien à manger dans le congélateur. Il a fallu rogner sur tout. J'ai même coupé le chauffage une bonne partie de l'hiver dernier. Pour plusieurs raisons, en vrai... Heureusement, il y a le camion de la banque alimentaire. Il passe tous les quinze jours. Pas question d'y aller au village. Pour que tout le monde sache qu'à la maison, le frigo est vide ? Même pas en rêve ! De toute façon, les autres foyers défavorisés de la commune font pareil. Ils vont au camion que quand il s'arrête dans d'autres bourgs, généralement bien planqué sur des parkings à l'écart pour pas gêner ceux qui ont recours à l'aide publique. Moi, je vais directement à Nogent, là, au moins, il y a tellement de monde qu'on est noyés dans la masse. Le Secours catholique, les Restos du cœur... on n'a que l'embarras du choix !

---

1 **impératif** *ici* : dringend erforderlich – 2 **l'assistance** *f ici* : l'aide *f* – 3 **l'immatriculation** *f ici* : amtliches Kennzeichen – 11 **un prélèvement** *ici* : Bankeinzug – 12 **un congélateur** Gefriertruhe – 12 **rogner** *ici* : sparen – 15 **la banque alimentaire** Tafel, Lebensmittelbank – 18 **un foyer** *ici* : Privathaushalt – 18 **défavorisé** benachteiligt – 19 **un bourg** un village – 20 **planqué** *fam* caché – 21 **avoir recours** *m* à qc *ici* : etw in Anspruch nehmen – 24 **l'embarras** *m* **du choix** die Qual der Wahl

Je passe souvent devant le rond-point du McDo où les Gilets jaunes campent depuis des mois. Si quelqu'un peut les comprendre, c'est bien moi, parce qu'avec ce qu'on endure depuis des années, en s'enfonçant toujours plus... Et puis, il y

5 a le prix du carburant qu'arrête pas de grimper, qui rend la vie impossible vu que pour le moindre truc, il faut faire des bornes et des bornes, et que c'est de pire en pire.

Quand on s'est installées à Saint-Guillaume, les gens du coin nous ont expliqué qu'autrefois, il y avait eu plus de trente

10 commerces dans le bourg. En l'an 2000, on trouvait encore une poste et un notaire. Maintenant, faut se taper trente bornes aller-retour rien que pour aller chercher un recommandé. Quant à l'agence de Pôle emploi, alors que Nogent est seulement à douze kilomètres, Christelle devait aller à des

15 rendez-vous à l'agence de Mortagne, à vingt-sept kilomètres, soit cinquante-quatre kilomètres aller-retour, rien que parce que Saint-Guillaume est dans l'Orne et que Nogent, c'est l'Eure-et-Loir ! Sans parler de la maternité. Christelle a dû aller à Chartres pour accoucher. Cent vingt bornes aller-retour en tout,

20 quand on n'a pas de quoi faire le plein ! J'étais trop pressée de voir Justin. Pour y aller, je me suis tapé une demi-heure avec mon vélo pourri jusqu'à la gare de Nogent, après, avec ce putain de train qui marche que quand il y a pas de neige, de gel, de feuilles mortes, de canicule ou de matériel en panne, à se

25 demander si leur problème c'est pas le printemps, l'automne, l'été et l'hiver, trois quarts d'heure, et encore vingt minutes jusqu'à l'hôpital, et pareil pour le retour. Trois heures et demie de transport !

Et pour les problèmes de papiers, c'est Alençon, à la même

30 distance que Chartres, mais vers le nord. Il y a bien Internet, aujourd'hui, on fait tout sur Internet, mais Christelle y pigeait

---

1 **un rond-point** Kreisverkehr – 3 **endurer** *ici :* auf sich nehmen – 4 **s'enfoncer** tiefer gehen *(ici : fig)* – 5 **le carburant** Treibstoff – 6 **une borne** *fam* un kilomètre – 12 **un recommandé** Einschreiben – 13 **Pôle Emploi** *in etwa* Agentur für Arbeit – 18 **la maternité** *ici :* Entbindungsstation – 23 **le gel** Frost – 24 **une canicule** une phase de grande chaleur – 31 **piger** *fam* comprendre

que dalle, elle arrivait jamais à remplir correctement les cases des pages administratives. Les questions étaient toujours trop compliquées pour elle. Heureusement que je me débrouille un peu mieux, mais jusqu'à ce qu'on récupère un vieux PC à la ressourcerie récemment, il y avait même jamais eu d'ordinateur à la maison, ni de box. Trop cher. Juste nos téléphones portables. Et encore, ça coûte une blinde. Il faut rogner sur d'autres choses. Sur tout. Mais on peut tout de même pas vivre complètement à l'écart du monde connecté. J'ai aussi ouvert un compte Instagram, mais c'est surtout pour les photos, ce truc, et j'en fais pas tellement. Pas trop mon truc. Alors je like, je me suis fait une ou deux copines, sans plus. Mais je m'en fous, je suis une solitaire. En dehors de Solène, évidemment. Et puis j'ai pas grand-chose à raconter non plus sur Internet. Ou alors, c'est des trucs que je peux pas dire de toute façon.

Nicolas Pelletier, gendarme

– C'est bon ? On peut y aller ? a demandé Aurélie au moment de redémarrer.

Pelletier a hésité. Oui, tout aurait pu s'arrêter là, mais au dernier moment, il a eu un doute.

Quand même, elle avait l'air bien jeunette, la conductrice. Et elle ne devait pas avoir son permis depuis très longtemps.

– Aurélie... Tu ne crois pas qu'il devrait y avoir un « A » réglementaire pour signaler un conducteur novice sur le cul de sa voiture ?

---

1 **que dalle** *fam* rien du tout – 5 **une ressourcerie** un magasin qui vend des objets de seconde main – 6 **une box** *ici* : Router – 7 **coûter une blinde** *fam* coûter très cher – 24 **novice** ≠ expérimenté – 24 **le cul** *ici* : la partie arrière

– Elle a peut-être un disque aimanté. Dans la panique, elle n'aura pas pensé à le mettre avant de démarrer. Si ça se trouve, il est dans son coffre. Allez, fous-lui la paix. Viens, on y va.

– Je veux quand même vérifier, a insisté Pelletier.

5 Il est remonté dans la Partner pour taper l'immatriculation de la Twingo sur le clavier de l'ordinateur. La voiture était inscrite au nom de Christelle Chevalier, née le 14 janvier 1980, demeurant au lieu-dit Le Jonquet, à Ticheville. La jeune fille n'était donc pas la propriétaire du véhicule.

10 – Ticheville ? C'est dans l'Orne, ça. Elle doit appartenir à sa mère, a objecté Aurélie.

– D'accord, mais elle est où, sa mère ?

– Peut-être au boulot.

– On emmène son môme à l'hôpital et elle ne rapplique pas
15 en quatrième vitesse ? C'est quel genre de mère, ça ?

Aurélie a haussé les épaules.

– On a vu pire, non ?

Un silence s'est installé entre les deux gendarmes, rythmé seulement par le grincement des essuie-glaces qui nettoyaient
20 le pare-brise des rares insectes que le début de printemps avait lancés sur les routes.

Enfin, Aurélie a dit sur un ton résigné :

– Bon, OK, t'as raison, on va vérifier.

Mona

25 Pas longtemps après la naissance de Justin, Christelle a quand même réussi à trouver un job de caissière au Super U de Mortagne. Vingt heures par semaine, découpées en tranches

---

1 **un disque aimanté** rundes Magnet – 3 **foutre la paix à qn** *fam* laisser qn tranquille (jdn in Ruhe lassen) – 14 **un môme** *fam* un enfant – 14 **rappliquer** *fam* arriver – 19 **un grincement** Knirschen – 19 **un essuie-glace** Scheibenwischer – 26 **Super U** une chaîne de supermarchés

de quatre heures. Mille trois cents bornes par mois ! On a eu
vite fait les comptes. En échange d'un Smic à mi-temps, c'était
pas jouable. Et à ce train-là, la vieille Twingo aurait pas tenu
longtemps. Au bout de trois semaines, de toute façon, elle a
5 renoncé, parce qu'à Saint-Guillaume, il y a pas de crèche. Je
gardais Justin, mais même quelques heures par jour, ça pouvait
pas le faire longtemps, parce qu'à ce moment-là, j'allais encore
au bahut à Valbert et ça me faisait manquer trop de cours. Déjà
que mes résultats étaient pas géniaux...
10 Pour en revenir aux Gilets jaunes, ouais, c'est sûr que j'aurais
bien enfilé un gilet jaune pour les rejoindre sur le rond-point,
mais ces derniers temps, j'ai vraiment autre chose à penser. Et
puis il y a toujours le risque de se faire arrêter. Et ça, c'est hors
de question. Alors, je me contente de rouler le gilet en boule
15 contre le pare-brise, mais à chaque fois que je passe à un
carrefour où des groupes se rassemblent, je klaxonne en signe
de solidarité. Pas trop longtemps quand même, on sait jamais.
D'un coup, j'ai sursauté. Les deux gendarmes se tenaient
debout, à l'entrée de la chambre. Plongée dans ma rêverie, je
20 les avais pas entendus arriver, et j'avoue que j'espérais pas les
revoir. Je me suis levée comme si j'avais un ressort sous les
fesses.
– C'est gentil d'être venus prendre des nouvelles. Le docteur
dit que finalement, c'est une grosse gastro, mais que ça va aller,
25 maintenant. Vraiment, c'était sympa de m'accompagner. Je
voulais de toute façon venir vous dire merci à la gendarmerie.
L'un des gendarmes m'a souri.
– Nous sommes rassurés pour lui, mademoiselle. Juste une
question : on peut voir les papiers du véhicule, et aussi vos
30 papiers à vous ?

2 **le SMIC** le salaire minimum (1747,20 € bruts par mois en 2023) – 5 **renoncer**
abandonner, laisser tomber – 5 **une crèche** Krippe – 14 **se contenter de faire qc** sich
damit begnügen, etw zu tun – 15 **un pare-brise** Windschutzscheibe – 16 **klaxonner**
hupen – 21 **un ressort** Sprungfeder – 24 **une gastro(entérite)** Magen-Darm-
Entzündung – 28 **rassuré** beruhigt

Nicolas Pelletier, gendarme

Quand ils lui ont demandé ses papiers, la jeune femme s'est
mise à bredouiller :

– Je... je les ai laissés à la maison. J'étais tellement pressée,
j'ai tout oublié : mon portefeuille, la carte grise, tout. Je suis
vraiment désolée. Mais... Y'a les vignettes de l'assurance et du
contrôle technique, sur le pare-brise.

Elle mordait sa lèvre inférieure. Pelletier s'est dit que ça devait
être un tic. Ou qu'elle mentait.

– On va avoir besoin de voir votre permis et les papiers de la
voiture, mademoiselle.

– Je peux pas les apporter à la gendarmerie un peu plus tard ?
Demain, par exemple ?

– Vous habitez encore à Ticheville ?

Elle a hoché la tête.

– C'est pas la porte à côté, ça. Et vous allez revenir demain
jusqu'ici ? C'est près de Vimoutiers, si je ne me trompe pas,
non ?

De nouveau, elle a acquiescé avant de négocier :

– Je pourrais pas juste aller les montrer à la gendarmerie de
Vimoutiers ?

– Qu'est-ce que vous faisiez là, avec votre petit frère ? Il n'y a
pas d'hôpital, à Vimoutiers ?

– Si, mais...

Cette fois, c'est Aurélie qui a renchéri :

– « Mais » quoi, mademoiselle ?

---

3 **bredouiller** parler de façon peu claire – 5 **la carte grise** Fahrzeugschein – 9 **mentir** ≠
dire la vérité – 15 **hocher la tête** faire « oui » de la tête – 25 **renchérir** *ici :* insister

Mona

Leur faire croire qu'on habitait toujours sur Ticheville. Les empêcher de fouiller partout. De se pointer à Saint-Guillaume, surtout. Le problème, c'est pas les papiers de la Twingo. Ils sont
5 en règle, à part qu'on n'a pas changé l'adresse. Mais je vois pas comment je pourrais bien présenter mon permis le lendemain, ni aucun autre jour, d'ailleurs, vu que je ne l'ai juste pas. J'ai essayé de gagner du temps en espérant qu'ils lâchent l'affaire, qu'ils se découragent. Et puis, s'ils me laissaient repartir, peut-
10 être qu'ils m'oublieraient ?

Le temps que l'info arrive chez les gendarmes de Vimoutiers, si elle arrivait jamais... il y avait encore un espoir qu'ils paument mon dossier. Merde ! ils ont sûrement d'autres chats à fouetter, les gendarmes, non ? C'est ce dont j'ai essayé de me
15 persuader, en tout cas. Et surtout, de les persuader. Mais ça a pas marché.

Nicolas Pelletier, gendarme

Non, elle ne pouvait pas présenter les papiers plus tard, ni ailleurs. Pelletier aimait de moins en moins cette histoire. Il
20 fallait décidément tirer tout ça au clair.

– Bon. À qui est la voiture, mademoiselle ?

– À ma mère.

– Donc, vous êtes la fille de madame Chevalier.

Elle a acquiescé.

---

3 **empêcher qn de faire qc** jdn (daran) hindern etw zu tun – 3 **fouiller** *ici :* seine Nase in alles hineinstecken – 3 **se pointer** *fam* auftauchen – 8 **lâcher l'affaire** *fam* arrêter de s'occuper de qc – 13 **paumer** *fam* perdre – 13 **avoir d'autres chats à fouetter** *expr fam* avoir autre chose à faire – 15 **persuader** convaincre (überzeugen) – 20 **décidément** vraiment

– Et votre mère, elle est où ?

– Au Mans, en formation.

– Elle a bien un portable, votre maman ? Vous l'avez prévenue, j'imagine ?

5 – Oui, bien sûr.

– Vous pouvez nous donner son numéro ?

– C'est-à-dire... On lui a volé son téléphone.

Cette fois, c'est Aurélie qui est remontée au créneau :

– Il faudrait savoir. Vous l'avez prévenue, ou pas ? Vous l'avez
10 eue au téléphone ?

– Ben... en fait non. Je lui ai envoyé un mail.

– Un mail ?!

– Ben oui, un mail.

Aurélie a lancé un regard lourd de sous-entendus à Pelletier.
15 Il a saisi la balle au bond et a pris le relais :

– Mademoiselle. Est-ce que nous pouvons avoir votre nom,
s'il vous plaît ?

– Bien sûr. Je m'appelle Mona.

Il fallait vraiment lui arracher chaque information aux
20 forceps. Une attitude que Pelletier ne connaissait que trop et
qui trahissait le malaise typique de ceux qui ont quelque chose
à cacher. Il a soupiré.

– Mona comment ?

– Mona Lecouvreur.
25 Aurélie a enchaîné. Entre les deux collègues, la technique est
bien rodée.

– Et votre petit frère, il s'appelle aussi Lecouvreur ?

– Non. Chevalier. Justin Chevalier.

– Donc, il a le nom de sa mère. Mademoiselle, vous avez quel
30 âge ?

---

4 **prévenir qn** informer qn – 8 **monter au créneau** *expr fig* intervenir (dans une
dicussion) – 14 **un sous-entendu** Andeutung – 15 **saisir la balle au bond** *expr* die
Gelegenheit beim Schopfe packen – 15 **prendre le relais** continuer à la place de qn
d'autre – 19 **arracher qc à qn** jdm etw entlocken – 20 **aux forceps** *mpl* avec beaucoup
de difficultés (**un forceps** Geburtszange) – 21 **trahir** verraten – 21 **un malaise**
Unbehagen – 26 **rodé** *ici :* ausgetüftelt

– Dix-huit ans et demi.

Aurélie l'a considérée.

– Vous êtes sûre ?

Cette fois, Mona Lecouvreur a répondu par l'affirmative d'un
5 ton assuré, une lueur de défi dans le regard, de telle sorte que
Pelletier l'a crue. Pas Aurélie, qui a conclu :

– Écoutez, vous savez quoi ? On va tirer tout ça au clair. On
va vérifier dans le fichier, et on verra bien. Si vous nous avez
menti, nous le saurons tout de suite, parce que vous n'y
10 figurerez pas. Ce qui signifiera que vous n'êtes pas titulaire d'un
permis de conduire. Par ailleurs, nous allons contacter votre
assurance. Ainsi, nous saurons si le véhicule est bien assuré
pour vous. Et donc, si vous conduisez sans permis, ou si vous
n'avez pas l'âge légal, il vaudrait mieux nous le dire tout de suite,
15 mademoiselle, parce que nous allons le découvrir tôt ou tard.

Mona

Jusqu'ici, j'avais toujours fait hyper attention. Je sortais faire
les courses très tôt avec Justin le matin, parce qu'à cette heure-
là, il y a pas encore de contrôles. Ou bien alors entre quinze et
20 dix-sept heures. Là encore, les gendarmes sont rarement postés
en embuscade. Je prends pas non plus mon téléphone portable
avec moi. Trop risqué : si jamais ça sonne, si Solène appelle,
par exemple, j'aurais trop envie de répondre. Je conduis avec
la trouille au ventre. J'ai peur d'un accident, pas par ma faute,
25 non, je fais bien trop gaffe pour ça, mais à cause d'un autre
conducteur.

---

2 **considérer qn/qc** *ici :* regarder qn/qc avec attention – 5 **une lueur de défi dans le
regard** *m* mit einem herausfordernden Blick – 21 **être posté en embuscade** *f* attendre
ou observer qn d'un endroit caché – 24 **la trouille** *fam* la peur – 24 **par ma faute** durch
meine Schuld – 25 **faire gaffe** *fam* faire attention

Une fois, dans les rues de Nogent, un scooter m'a doublée en me serrant d'un peu trop près et, d'un coup de guidon, il a arraché mon rétroviseur. Le deux-roues s'est arrêté. Le motard a fait le tour de son engin, genre on va voir s'il y a des dégâts,
5 il a marché vers la Twingo tout en enlevant son casque et une dégoulinade de cheveux roux a dégringolé sur ses épaules. Le motard était une fille de mon âge, plus ou moins. Elle s'est avancée en souriant, et une fois arrivée à mon niveau, elle m'a lancé :
10 – Putain, mais t'aurais pu regarder !
– Non, c'est toi !
– Attends, te fous pas de moi, tu regardais pas non plus !
Elle piétinait négligemment les morceaux de verre brisés qui parsemaient le macadam avec les semelles de ses bottines.
15 Une voiture a klaxonné derrière moi. La fille m'a regardée bizarrement, comme si elle voyait à travers moi.
– Ma parole, tu ferais mieux de te garer avant que les gendarmes arrivent, vu qu'à mon avis, t'as même pas le permis.
J'ai sursauté. J'ai voulu lui répondre mais elle a levé la main
20 pour m'arrêter :
– Laisse tomber, moi j'ai pas d'assurance pour le scoot, OK ? T'as quoi ? Seize ans ?
J'ai vaguement protesté :
– Presque dix-sept.
25 La fille m'a tendu la main avec un grand sourire par la vitre ouverte.
– Moi, c'est Solène. Et toi ?
Et voilà. C'est comme ça qu'on s'est connues, avec Solène. Grâce à ce rétro pété. N'empêche, je me retrouvais en infraction.

---

1 **doubler qn** jdn überholen – 2 **serrer qn** *ici :* conduire très près de qn – 2 **un guidon** Lenker – 3 **un rétroviseur** Rückspiegel – 4 **des dégâts** *mpl* Schaden – 6 **une dégoulinade** *fig* wie ein Wasserfall – 13 **piétiner qc** marcher sur qc – 13 **négligemment** [negliʒamɑ̃] lässig – 14 **parsemer (le sol)** (auf dem Boden) verstreut liegen – 14 **une semelle** Sohle – 17 **se garer** parken – 29 **grâce à qn/qc** dank jdm/etw – 29 **en infraction** *f* strafbar

J'étais à la merci du premier flic venu. Heureusement, Solène connaissait une casse auto sur la route du Mans. Elle m'a indiqué le chemin. J'y suis allée tout de suite. Le patron a été très gentil. Il m'a prêté un tournevis et j'ai remplacé le miroir
5 arraché sur la Twingo. Il faut être irréprochable, invisible, m'a martelé Solène. Ces deux mots me servent de guide de conduite depuis tous ces mois. À force de rigueur, j'y arrive. Enfin, jusque-là, je croyais que j'y arrivais.

Et voilà que pour quelques malheureuses petites secondes
10 d'inattention à un stop... c'est vraiment pas juste. Comme si j'étais la seule à conduire sans permis ! Sérieux, sans voiture, tu restes bloquée dans ton village, t'as rien, c'est la cambrousse. C'est pas comme à la ville où tu as tout. Des jeunes comme moi, qui prennent le volant juste pour faire un petit tour, pour
15 s'amuser, y en a beaucoup. Des fois, eux aussi, ils cassent un rétro ou une porte. Souvent, ils grillent aussi des stops.

J'ai enfoui mes yeux gonflés de larmes dans mes poings serrés. Rien laisser échapper, surtout, rien laisser échapper. Et Solène qui s'était même pas fait choper... Non, la vie, c'est
20 vraiment pas juste.

– Mademoiselle ? Mademoiselle !

---

1 **être à la merci de qn** jdm ausgeliefert sein – 1 **un flic** *fam* un policier – 2 **une casse** *ici :* Schrottplatz – 4 **un tournevis** Schraubenzieher – 5 **irréprochable** *ici :* tadellos – 6 **la conduite** *ici :* le comportement – 7 **la rigueur** *ici :* la discipline – 12 **la cambrousse** *fam* la campagne – 17 **enfouir** *ici :* cacher – 17 **une larme** Träne – 17 **un poing** Faust – 19 **se faire choper** *ici :* être arrêté

3. LE POSTE

Aurélie Guyon, gendarme

Pelletier est retourné à la voiture pendant qu'elle restait avec Mona Lecouvreur. La jeune fille ne quittait pas son petit frère des yeux, pas une seule seconde, comme si sa vie en
5 dépendait. Elle semblait accrochée à son souffle. Elle avait tourné le dos à Aurélie Guyon qui observait ses frêles épaules se soulevant au rythme de ses pleurs silencieux, sa tête baissée, ses cheveux bruns coupés court qui laissaient apparaître une tache rouge sur la nuque, symptomatique d'une émotion forte.
10 Le mensonge, par exemple. Guyon n'avait pas besoin qu'on lui fasse un dessin.

Pelletier n'a pas été long à revenir. Il a fait « non » de la tête en regardant Mona. Aurélie Guyon a posé la main sur l'épaule de la jeune fille.
15 – Mademoiselle ? Mademoiselle ! Votre nom ne figure pas au fichier des permis de conduire. Vous conduisez sans permis, c'est évident.

Mona n'a pas réagi à la main de Guyon sur son épaule, elle n'a pas répondu non plus. Il s'est écoulé un long moment avant
20 qu'elle lâche juste un timide « oui ». Étrangement, il y avait comme un fond de soulagement dans ce « oui ». Ni Pelletier ni Guyon ne pouvaient évidemment se douter de quoi que ce soit, à ce moment-là.

Le gendarme a contourné Mona pour se placer entre elle et
25 le lit médicalisé, dans une posture d'autorité.

– Il va falloir nous suivre.

---

5 **accrochée à son souffle** *fig* attentive à la *respiration* (Atem) de l'enfant – 6 **frêle** ≠ fort – 9 **une tache** Fleck – 9 **la nuque** Nacken – 20 **lâcher** (une parole) von sich geben – 21 **un soulagement** Erleichterung

Elle a levé les yeux vers lui. Des yeux gonflés de chagrin.

– Mais... je peux pas. Je peux pas le laisser...

– Ne vous inquiétez pas, ils s'occupent de lui. Nous vous ramènerons après, d'accord ? Nous devons juste remplir les papiers. Ce ne sera pas très grave. Nous pouvons comprendre. Vous n'avez pas le permis, même si vous savez visiblement conduire, votre maman n'était pas là, vous avez paniqué et vous avez sauté dans la voiture pour amener votre petit frère malade à l'hôpital. Vous auriez tout simplement dû appeler le Samu, mais vraiment, je ne pense pas que tout ça ira très loin. Vous risquez juste de ne pas pouvoir passer votre permis tout à fait aussi vite que vous l'auriez voulu. Et encore, ce n'est même pas certain. Vous avez quel âge ?

– Dix-huit.

– Vous êtes sûre ? Vraiment sûre ?

Mona Lecouvreur a opiné, silencieusement.

– Bien, a lâché Guyon dans un soupir résigné. Allez, on y va.

– Et la voiture ?

– Ne vous inquiétez pas pour ça non plus, elle ne va pas s'envoler.

Mona

J'ai eu comme l'impression qu'ils arrachaient un morceau de moi. Je ne sais même pas comment j'ai réussi à me lever et à les suivre. Comment j'ai réussi à abandonner Justin. Je suppose que je les ai crus. Je voulais les croire. Je voulais croire qu'ils allaient m'emmener jusqu'à la gendarmerie, que j'allais juste faire une déclaration ou un truc du genre, et qu'ils allaient me

---

1 **le chagrin** Kummer – 9 **le SAMU** Notarzt – 16 **opiner** faire oui de la tête – 22 **arracher** *ici :* zerreißen

ramener à l'hôpital. Que je reprendrais la voiture et que je rentrerais à la maison. Ils m'ont encadrée et m'ont conduite jusqu'à la Partner et puis ils m'ont gentiment aidée à monter à l'arrière en protégeant ma tête avec la main. Ils m'ont pas mis
5 les menottes, ni rien, pas du tout comme dans les films. On est arrivés au poste, et là, je me suis retrouvée devant un agent de police judiciaire. C'était un type normal, juste avec un uniforme de gendarme comme les deux autres. Il m'a demandé de m'asseoir. Lui, il était affalé derrière un bureau sur lequel il y
10 avait un écriteau avec son nom – enfin, je me suis dit que c'était son nom : « Dos Santos ». Il y avait aussi un ordinateur, des affiches pour s'engager dans la gendarmerie ou l'armée, je me souviens plus très bien. Il a juste dit qu'il allait enregistrer ma déposition, et que je serais convoquée plus tard.
15   – Ça veut dire que je vais pouvoir m'en aller ?
     – Vous avez de la chance, il m'a répondu. Il n'y a pas si longtemps, ça vous aurait coûté quinze mille euros d'amende et un an de prison. Là, vous allez simplement recevoir un avis d'infraction à votre domicile, par lettre recommandée.
20 L'amende se monte à huit cents euros. Six cent quarante, si vous payez dans les quinze jours. Mais si vous traînez, ce sera mille six cents. Vous avez bien sûr le droit d'adresser une requête en exonération ou une réclamation. Il va aussi y avoir la contravention pour défaut de présentation des papiers du
25 véhicule. C'est juste une contravention de classe A, mais si vous ne revenez pas les présenter dans les cinq jours, ce sera cent trente-cinq euros en plus.
     En entendant ça, j'ai sursauté. Six cent quarante euros ! Cent trente-cinq euros ! Mais où est-ce qu'ils voulaient que je les
30 trouve ? Même pas en rêve !

---

2 **encadrer qn** se placer de chaque côté de qn – 5 **des menottes** *fpl* Handschellen – 7 **la police judiciaire** Kriminalpolizei – 9 **affalé** zusammengesunken – 14 **une déposition** (Zeugen)Aussage – 14 **convoquer qn** jdn vorladen – 17 **une amende** Strafe – 19 **une infraction** Straftat, Delikt – 23 **une requête en exonération** f Befreiungsantrag – 24 **une contravention** Strafmandat – 24 **pour défaut de présentation des papiers** pour ne pas avoir présenté les papiers

– Domicile ? a demandé l'officier.

J'ai donné l'adresse de Ticheville, celle qui correspondait aux plaques et à la carte grise. Là, il a dit exactement pareil que la fliquette, que j'étais loin de mes bases, et qu'est-ce que je fichais
5 là, à vouloir emmener mon petit frère à l'hôpital de Nogent-le-Rotrou ? Et où était ma mère ?

J'ai répondu pareil, du coup : qu'elle était en stage de formation au Mans et que je gardais mon petit frère pendant ce temps-là.

10 – Ça ne me dit toujours pas ce que vous faisiez là, mademoiselle. Pas que ça me regarde, mais vous n'avez pas de papiers sur vous, vous me dites que vous habitez à cent kilomètres d'ici et vous transportez un enfant d'un an malade à l'arrière d'un véhicule qui ne vous appartient pas, et en plus
15 vous grillez un stop.

Il a souri. Il m'a fait remarquer que de toute façon, je ne risquais pas de perdre quatre points, vu que je l'avais pas, le permis. Il avait l'air de trouver ça drôle, putain. Pas moi. Je savais qu'il fallait que je lui réponde. Mes neurones tournaient
20 à fond. Il fallait que je trouve quelque chose. Je me suis fait une tête de coupable, comme dans les séries, genre *Skins* que je regardais quand on avait encore Canal+, encore une folie de Christelle qui nous a coûté cher ! C'est une histoire où les parents sont toujours absents pour une raison ou une autre, et
25 où les ados sont livrés à eux-mêmes. J'étais pas dépaysée, j'avais l'impression d'être à la maison !... J'adore les séries, en vrai. Je rêverais d'avoir Netflix, mais on n'a pas les moyens et le PC de la maison est beaucoup trop vieux. Qu'est-ce que je disais, déjà ? Ah oui, l'alibi. Ben, j'ai pas été très maligne, mais j'ai rien
30 trouvé de mieux. J'ai répondu :

---

17 **les points du permis en France :** quand on commet une infraction, on perd des points sur son permis (on en a 12 au départ) – 20 **à fond** très vite, à pleine puissance – 25 **ne pas être dépaysé** *ici :* savoir de quoi il s'agit – 29 **malin, maligne** intelligent

– J'étais avec un homme. Toute la nuit. Il habite dans le coin.
Et comme ma mère est pas là, j'avais emmené le petit avec moi.
Le gendarme a levé les yeux au ciel :
– Et voilà ! Tout s'explique ! Il n'y a pas de quoi fouetter un
5 chat. Je suppose qu'il pourra confirmer votre identité, en
attendant que vous fassiez les quelque deux cents kilomètres
aller-retour en train ou en car pour aller chercher vos papiers
et nous les montrer ?
– C'est-à-dire... je peux pas... il... il est marié.
10 Là, il s'est mis à me regarder carrément de travers, comme si
je me foutais de lui, ce qui était pas très loin de la vérité. La
vérité vraie, c'était que je voulais juste qu'ils laissent maman
tranquille.

Jérôme Dos Santos, agent de police judiciaire
15 à Nogent-le-Rotrou

Qu'est-ce qu'il pouvait bien faire de plus ? Elle avait grillé un
stop, conduit sans permis, d'accord, mais le véhicule n'était pas
volé, il était assuré, la carte grise était au nom de la mère, le
petit frère de Mona Lecouvreur était à l'hôpital, bref, il n'allait
20 tout de même pas lancer une garde à vue juste pour un défaut
de papiers. D'accord aussi, elle habitait à l'autre bout de l'Orne,
d'accord enfin, elle n'avait pas été fichue de lui expliquer
pourquoi elle emmenait son petit frère à l'hôpital de Nogent-
le-Rotrou plutôt qu'à celui de Vimoutiers, et elle venait de lui
25 mentir effrontément, de le prendre pour un imbécile. C'était
vrai, si on additionnait le tout, ça faisait beaucoup, mais la seule

---

4 **Il n'y a pas de quoi fouetter un chat** *expr fam* das ist nicht der Rede wert –
10 **de travers** schräg – 11 **se foutre de qn** *fam* se moquer de qn – 20 **une garde à vue**
Polizeigewahrsam – 22 **fichu** *fam ici :* capable – 25 **effrontément** unverschämt

chose qui était réellement en son pouvoir, c'était, à la rigueur, l'immobilisation du véhicule. Il pouvait le faire emmener à la fourrière à Chartres et convoquer la mère. Dos Santos avait déjà le meurtre d'un médecin sur les bras. Un cinglé en liberté s'était
5 présenté au cabinet médical à l'entrée de la ville et avait demandé qu'on procède à l'ablation de son bras, où résidaient des aliens, et comme le toubib avait refusé, le type l'avait lardé de coups de couteau. On l'avait retrouvé baignant dans son sang. Il avait donc vraiment d'autres chats à fouetter que de
10 s'occuper d'une gamine qui roulait sans permis. Sans parler des Gilets jaunes sur leur rond-point et des habituels dealers de quartier qui lui donnaient toujours du fil à retordre. Qui prétendait qu'on s'ennuyait en province ?

Il avait demandé à Guyon et à Pelletier de raccompagner la
15 jeune fille jusqu'à l'hôpital. On n'allait tout de même pas la ramener jusqu'à Vimoutiers, et puisqu'elle ne voulait pas donner l'adresse de son soi-disant amant, elle n'aurait qu'à se débrouiller pour rentrer chez elle.

Par acquit de conscience, Dos Santos relut toutefois le
20 rapport de Guyon et Pelletier. Quand Mona Lecouvreur avait compris qu'elle ne pourrait pas reprendre la voiture, qui partirait probablement à la fourrière, elle avait fait un véritable scandale. Elle n'arrêtait pas de répéter : « Comment je vais faire, maintenant ? Comment je vais faire, sans voiture ? » Ce qui leur
25 avait semblé bizarre, aussi, c'est qu'elle n'avait pas l'air si inquiète à l'idée de savoir comment rentrer à Vimoutiers. Dos Santos referma le document sur son ordinateur. Il fronça les sourcils, se balançant de droite à gauche sur son siège à

---

1 **à la rigueur** à la limite (höchstens) – 3 **une fourrière** Abstellplatz für amtlich abgeschleppte Fahrzeuge – 3 **convoquer** jdn vorladen – 4 **un meurtre** Mord – 4 **avoir qc sur les bras** *expr* devoir s'occuper de qc – 4 **un cinglé** *fam* un fou – 6 **une ablation** une amputation – 7 **un toubib** *fam* un médecin – 9 **avoir d'autres chats à fouetter** *expr fam* avoir des choses plus importantes à faire – 12 **donner du fil à retordre à qn** créer des problèmes à qn – 19 **par acquit de conscience** *f expr* um ganz sicherzugehen – 28 **froncer les sourcils** *mpl expr* die Augenbrauen runzeln

roulettes. Il mourait d'envie de s'en griller une, mais il avait promis à sa femme d'arrêter et tenait parole, depuis près de trois semaines. Dommage, ça l'aidait à réfléchir... S'il écoutait son intuition, tout ça ne pouvait vouloir dire qu'une chose : elle
5   mentait sur son lieu de résidence. Il soupira et se dit qu'il en aurait le cœur net d'ici quelques jours, quand les collègues de l'Orne se seraient présentés à son domicile, là-bas, en pays d'Auge.

Le lundi suivant, quand la gendarmerie de Vimoutiers lui
10 envoya un message indiquant que Christelle Chevalier et Mona Lecouvreur n'habitaient plus au domicile indiqué depuis au moins un an et demi, il décida de regarder tout ça de plus près.

La fille Lecouvreur n'était pas la première à trimballer les gendarmes, à leur refiler une fausse adresse, loin de là. Là
15 encore, il aurait pu passer à autre chose. Mais il y avait cette satanée intuition, ce quelque chose qui lui disait de ne pas laisser tomber.

Heureusement, dans son PV, Guyon avait relevé le numéro du contrat d'assurance du véhicule et le nom de la compagnie
20 sur la vignette collée au pare-brise.

Il ne fallut pas bien longtemps à Dos Santos pour obtenir la réponse qu'il cherchait : Christelle Chevalier, trente-neuf ans, Justin Chevalier, un an, et Mona Lecouvreur, dix-sept ans, n'avaient pas quitté l'Orne, mais tout ce petit monde habitait à
25 seulement une douzaine de kilomètres de Nogent, dans le centre-bourg d'une commune limitrophe de l'Eure-et-Loir, Saint-Guillaume, un village d'un peu plus de cinq cents habitants. Bien évidemment, elle n'avait pas de permis, étant donné son âge. Un rapide coup de fil à l'hôpital lui apprit que
30 le petit frère était sorti le jour suivant. Depuis, plus de nouvelles.

---

1 **s'en griller une** *fam* fumer une cigarette – 6 **avoir le cœur net à propos de qc** *expr* connaître la vérité sur qc – 13 **trimballer qn** *fam* raconter des mensonges *mpl* à qn – 16 **satané** verflucht – 18 **un PV** *abrév de* procès verbal Strafzettel – 26 **limitrophe** an der Grenze von – 29 **un coup de fil** *fam* un appel téléphonique

Le fait qu'elle ne soit pas majeure, ses mensonges à répétition, le fait qu'elle ne se soit pas présentée... Il hésita, puis finit par décrocher son téléphone pour composer le numéro de la gendarmerie de Valbert, le chef-lieu de canton dont dépendait
5 Saint-Guillaume, dans le département voisin. Certes, le délit avait été commis sur son territoire, mais Dos Santos était bien décidé à en référer à ses collègues de l'Orne. En cas d'infraction commise par un mineur, de toute manière, on convoque les parents, c'est la règle.

---

1 **majeur** volljährig – 5 **certes** zwar – 7 **en référer à qn** jdm die Sache vorlegen

4. LA MAISON

Mona

C'est Solène qui les a vus arriver par la fenêtre. Je lui avais
ouvert la porte du garage une heure plus tôt pour qu'elle puisse
rentrer son scooter. Heureusement.

5 J'ai tout de suite éteint la radio. Justin dormait. Comme la
voiture est toujours en fourrière, ils peuvent pas savoir si on est
là ou pas.

Ils ont frappé, attendu, frappé à nouveau. J'ai eu l'impression
que ça finirait jamais, qu'ils allaient pas s'en aller. Solène me
10 faisait des grimaces. J'ai étouffé mon rire et j'ai chuchoté :
– Arrête, fais pas la conne ! Chhttt !

J'avais surtout peur que les gendarmes réveillent mon petit
frère, mais ils ont fini par déposer la convocation dans la boîte
aux lettres. J'avais la bouche sèche et une envie de fumer pas
15 possible. J'ai commencé à treize ans. J'ai toujours vu ma mère
fumer, et j'avais aucune raison de pas m'y mettre à mon tour.
Christelle fume tout le temps, partout. Même en voiture, et
d'ailleurs, pas moyen d'éliminer cette odeur de clope froide qui
imprègne les sièges. Quand son ventre s'est arrondi, je lui ai
20 bien dit d'arrêter, mais y avait pas moyen. Alors, pour donner
l'exemple, je lui ai dit que si elle arrêtait, moi aussi, j'arrêterais.
Et c'est ce que j'ai fait. Mais pas Christelle.

Les choses ont commencé à aller vraiment mal après
l'accouchement. Elle déprimait beaucoup. Elle arrivait plus à
25 se lever le matin. Plein de fois, j'ai été obligée de changer Justin,
de lui donner le biberon. Je savais pas du tout m'occuper d'un

---

11 **fais pas le con, la conne** *fam* arrête de faire l'idiot, l'idiote – 14 **sec, sèche** trocken –
18 **une clope** *fam* une cigarette – 24 **un accouchement** Entbindung – 26 **un biberon**
Babyflasche

bébé, j'ai dû tout apprendre toute seule. Le rot, comment le
bercer, comment checker la température du biberon...
Heureusement, on avait du lait maternisé par l'aide sociale. Et
puis, il y avait les sous. C'est un vrai problème, les sous. Un jour,
5 on est allées faire des courses au Leader Price et la carte de
Christelle est pas passée. C'était le gros pépin. La honte ! Elle
est devenue toute rouge, elle s'est mise à bredouiller « Je
comprends pas », la caissière a recommencé deux fois, mais les
gens ont commencé à râler dans la queue, alors elle lui a rendu
10 sa carte et elle lui a demandé si elle avait du liquide sur elle.
On fait comment, dans ces cas-là ? C'est simple, on laisse le
Caddie bien plein sur place et on s'en va. Et c'est pas arrivé
qu'une fois ! Après, on a commencé à avoir recours à l'aide
alimentaire. Souvent, dans le frigo, il y avait plus rien en fin de
15 mois, alors on allait chercher des colis à la mairie, parce qu'à
Ticheville, il y avait pas de camion du CCAS, le centre
communal d'action sociale. Il fallait faire attention à tout. À
l'électricité, et même à l'eau. Et puis, un jour, Christelle m'a
annoncé qu'on allait déménager. Prendre un nouveau départ.
20 Sur le moment, j'ai été plutôt contente. Mais quand j'ai vu le
village, la maison, j'ai pas compris pourquoi ma mère avait
voulu quitter Ticheville. En quoi c'était mieux ? Il n'y a pas plus
de boulot ici qu'il y en avait là-bas.
Saint-Guillaume, c'est un genre de village-rue coupé en deux
25 par la grand-route qui va à Nogent. Les voitures le traversent à
toute vitesse, genre, « tiens, c'est Saint-Guillaume, tiens, c'était
Saint-Guillaume ». C'est nul. Quand on est arrivées, j'allais
encore au bahut. J'avais dû renoncer à toutes mes copines de
Vimoutiers et on peut pas vraiment dire que j'aie eu le temps
30 de m'en faire beaucoup de nouvelles, au lycée de Valbert. J'y
suis pas restée assez longtemps. On était dans une telle merde,

---

1 **un rot** *ici* : Bäuerchen – 2 **bercer** wiegen – 3 **le lait maternisé** Säuglingsmilch – 4 **les
sous** *mpl* l'argent *m* – 6 **un pépin** *fam* un problème – 9 **râler** meckern – 10 **du liquide**
Bargeld – 15 **un colis** un paquet – 15 **la mairie** Rathaus – 19 **déménager** umziehen –
23 **le boulot** *fam* le travail – 26 **genre** *fam* wie, in der Art – 28 **le bahut** *fam* le lycée

avec Christelle, que j'ai cherché du boulot tout de suite. Comme l'été est arrivé, j'ai été prise au Leclerc de Margon, mais à la rentrée suivante, la personne que je remplaçais pendant les vacances est revenue, et ça s'est arrêté.

5   La maison que Christelle a trouvée est à la fois en plein centre et aussi un peu isolée, parce qu'elle est tout au fond d'une cour. À l'arrière, il y a un jardinet qui donne sur les champs, pas de quoi faire un potager, juste des tomates en pot, mais dans les pots, Christelle met surtout ses mégots. Par contre, il y a un
10 garage attenant à la maison, et le locataire précédent a dû être un sacré bricoleur, parce qu'il y a encore un palan pour soulever les moteurs de voitures, au plafond. Et il a dû être chasseur, aussi : il a abandonné un congélateur énorme dans lequel il devait stocker des sangliers ou des chevreuils. Je
15 n'aimais pas cette maison à notre arrivée et je l'aime toujours pas, mais c'est chez nous. Christelle disait que le loyer était moins cher qu'à Ticheville et qu'on s'en sortirait mieux. C'est vrai, c'est moins de quatre cents euros par mois et la Caisse d'allocations familiales nous donne deux cent quatre-vingts
20 euros, mais ça fait quand même cent vingt euros par mois à sortir. Du coup, on a vraiment du mal parce que le chauffage, c'est des vieux convecteurs, genre des grille-pain, et ça consomme une blinde. Alors, comme on nous a déjà coupé plusieurs fois le courant, on a vite arrêté de s'en servir et on a
25 acheté un poêle à pétrole. Ça pue et ça décolle le papier peint parce que ça fait de l'humidité partout, mais c'est moins cher, et au pire, si on n'a pas d'argent pour acheter du pétrole, c'est pas grave, on est juste pas obligées de payer. Bref, la maison est

---

7 **un champ** Feld – 8 **un potager** Gemüsegarten – 9 **un mégot** Kippe – 11 **un bricoleur** Bastler, Heimwerker – 11 **un palan** Winde – 12 **soulever qc** *ici :* etw hochheben – 13 **un congélateur** Gefriertruhe – 14 **un sanglier** Wildschwein – 14 **un chevreuil** Reh – 16 **un loyer** Miete – 18 **la Caisse d'allocations familiales (CAF)** un service social de l'État qui aide les familles financièrement – 22 **un convecteur** Heizkörper – 22 **un grille-pain** Toaster – 23 **consommer une blinde** *fam* consommer beaucoup d'électricité f – 24 **le courant** l'électricité f – 25 **un poêle à pétrole** Ölofen – 25 **puer** sentir mauvais

un peu grande à mon goût, c'est bien le problème, parce qu'elle est pas isolée non plus. Le propriétaire a pas fait trop d'efforts pour changer les fenêtres ni rien. Pourtant, il paraît que maintenant, ils font des isolations à un euro. Quand même, il
5 pourrait se bouger le cul !

En résumé, c'est pas d'avoir déménagé qui a amélioré la situation. En dehors de son essai au Super U de Mortagne, Christelle avait pas réussi à trouver un travail, et après, elle est tombée malade. Elle toussait beaucoup, à cause des cigarettes.
10 En plus, ça coûte cher, cette merde. Elle avait beau acheter des grosses boîtes de tabac et se les rouler à la main, entre ça et les tickets à gratter, à la fin, la buraliste du centre commercial voulait plus lui faire crédit.

Elle s'essoufflait beaucoup, aussi. Faut dire qu'après sa
15 grossesse, elle a pas réussi à perdre du poids. Le toubib a insisté, pourtant, il lui a conseillé de lever le pied sur la bière, les pizzas et les plats congelés, mais elle a rien écouté. En plus, il lui avait prescrit des antidépresseurs pour sa déprime, après l'accouchement, et ça lui donnait certainement pas envie de
20 faire du sport pour maigrir. Bon, je peux parler, même si je suis un petit format, je suis pas spécialement maigre non plus. J'adore aller au McDo. Enfin, j'adorais, mais aujourd'hui, ça me semble loin, tout ça.

Quand même, Christelle pouvait plus porter quoi que ce
25 soit sans manquer d'air. J'ai pensé que c'était à cause de son tabac. Mais aussi, le nouveau médecin qu'on a vu quand on est arrivées à Saint-Guillaume lui a dit qu'elle allait sur sa quarantaine et qu'une visite chez le cardiologue lui ferait pas de mal, avec son surpoids. Sauf que quand elle a téléphoné à
30 Nogent pour prendre rendez-vous, ils ont tous répondu qu'ils prenaient plus de nouveaux clients, qu'ils étaient complets, et qu'elle devait s'adresser à l'hôpital. Mais à l'hosto, il y avait

---

12 **un(e) buraliste** Tabakwarenhändler(in) – 14 **s'essouffler** außer Atem kommen – 15 **la grossesse** Schwangerschaft – 16 **lever le pied sur qc** *fam* consommer moins de qc – 29 **le surpoids** Übergewicht

presque un an d'attente pour avoir un rendez-vous ! Elle a essayé dans d'autres villes. Mais c'était partout pareil, et des fois pire quand elle annonçait qu'elle était à la CMU. Il restait bien Chartres ou Le Mans, mais avec trois ou quatre mois
5 d'attente. Et toujours cent vingt bornes aller-retour. Pour une visite, c'était relou. Alors, Christelle a juste rien fait. Elle avait mal au dos, au ventre, et des brûlures dans le cou. Elle s'est dit, c'est rien, ça va passer.

Vous savez, je l'appelle Christelle parce qu'à partir du
10 moment où j'ai eu mes premières règles, ça l'a énervée que je l'appelle « maman » en public. Je sais pas pourquoi. Moi j'aimais bien l'appeler « maman ». Mais bon, comme j'aime aussi lui faire plaisir, je me suis mise à l'appeler par son prénom. Je suppose qu'elle avait envie qu'on nous prenne pour des
15 copines, ou qu'on la prenne pour ma grande sœur. C'est vrai qu'elle m'a eue très jeune.

La veille, on était allés au centre commercial de l'Inter, à Nogent. C'est plus chic que Margon. On a fait du lèche-vitrines, on a rêvé ensemble, on poussait Justin dans son landau, et
20 après ça, on est allés jusqu'à la Halle aux chaussures, en face du Aldi de Margon. Je me souviens qu'elle m'a dit qu'elle aurait bien voulu avoir une autre vie. Elle espérait que pour Justin et moi, l'existence serait plus douce que pour elle. C'est ce qu'elle a dit, mot pour mot. Je le sais, parce qu'avec ce qui s'est passé
25 après, je risque pas d'oublier.

– Surtout, ma grande, choisis bien tes mecs, elle a ajouté. Fais pas comme moi. Parce que ça te colle aux basques toute la vie.

Je me souviens aussi avoir pensé que, justement, elle jetait toujours son dévolu sur le même genre d'hommes qu'Anthony.
30 Depuis la mort de papa, en tout cas, tous ceux que j'avais

---

3 **la CMU** *abrév de* **couverture maladie universelle** une assurance maladie de base, gratuite, pour les personnes dans le besoin – 6 **relou** *verlan fam* lourd, énervant – 17 **la veille** am Vortag – 18 **faire du lèche-vitrine(s)** *fam* se promener en regardant les vitrines des magasins – 19 **un landau** Kinderwagen – 26 **un mec** *fam* un homme, *ici :* un amoureux – 27 **coller aux basques** *expr fam ici :* être le problème de qn – 28 **jeter son dévolu sur qn** fixer son attention sur qn

vus défiler étaient tellement construits sur le même modèle
que j'en avais déduit qu'il devait y avoir une usine planquée
quelque part où on les fabriquait en série. Je sais pas pourquoi
ce type de mecs l'attirait et je suis pas certaine qu'elle l'ait su
5   elle-même.
    Quant à moi, la question se posait pas vraiment. J'avais
eu quelques histoires au collège, bien sûr, en troisième, à
Vimoutiers, mais rien de super sérieux. Des pelles, du pelotage.
Et de toute façon, comme on a déménagé, ça n'a pas duré
10 longtemps. Sauf avec Thomas. Thomas est pas comme les
autres. C'est pas un petit frimeur, il la ramène pas. D'une
manière générale, il parle pas beaucoup. Il a pas de scooter, il
fume pas, même pas des pétards, il boit pas, bref, il est tout le
contraire des mecs que Christelle choisissait. Il a pas beaucoup
15 de temps pour ce genre de conneries, faut dire. Son père à lui
aussi est mort à cause d'un accident du travail, dans une
raffinerie, et ça nous a rapprochés. Quand c'est arrivé, sa famille
vivait au Havre. Après l'accident, tout le monde s'est retrouvé
dans la mouise. Il faut dire qu'au contraire de moi, Thomas
20 a plein de frères et sœurs, sept en tout. C'est lui l'aîné et il
s'occupe beaucoup d'eux, parce que sa mère, qui travaille chez
Mr Bricolage, a pas vraiment le temps. Du coup, il la soulage
comme il peut. Bref, c'est le genre avec lequel je me serais bien
vue, et en plus il est beau gosse, avec ses yeux bleus et ses
25 cheveux blonds cachés sous une casquette des Chicago Bulls.
Le jour où il m'a pris la main pendant une balade le long de la
Vie, la rivière qui traverse Vimoutiers, je vous dis pas ! J'avais
cru qu'il se déciderait jamais. Franchement, avec lui, j'aurais
été prête à aller jusqu'au bout. Sans hésiter. Du coup, j'ai pas
30 compris qu'il sorte avec Océane. Et qu'il me le dise pas, en plus.
Il a fallu que je les grille, main dans la main, devant le kebab.
Ils m'avaient pas calculée parce que j'arrivais derrière eux. En

---

8 **une pelle** *fam* le fait d'embrasser qn avec la langue – 8 **le pelotage** *fam* les caresses –
13 **un pétard** un joint – 19 **dans la mouise** *fam* dans la pauvreté – 22 **soulager** *ici* :
aider – 32 **calculer** *ici* : *fam* voir

les voyant, j'ai senti quelque chose se fissurer à l'intérieur de moi. Finalement, même en lui, je pouvais pas avoir confiance. Alors après, quand j'engueulais maman à propos d'Anthony et qu'elle me disait que je pouvais pas comprendre, que je savais
5 pas ce que c'était d'être amoureuse, sérieux, elle savait pas de quoi elle parlait. Depuis qu'on est arrivés dans la banlieue de Nogent, je suis plus sortie avec personne. J'avais vraiment d'autres chats à fouetter, avec Christelle qui était pas très en forme et Justin dont je devais m'occuper souvent, en plus de
10 nos soucis d'argent, de chauffage... N'empêche, le jour de la Halle aux chaussures, maman avait la pêche. Pour la première fois depuis des semaines, elle riait, elle était en forme. On est rentrés à la maison et c'est même elle qui a donné le biberon à Justin, un truc qu'elle avait plus fait depuis je sais pas quand,
15 et après, quand il s'est endormi, on a regardé *Bienvenue chez nous* sur TF1.

– J'aimais beaucoup quand on avait l'hôtel, avec ton père, elle a dit. Si j'avais de l'argent, je crois que j'adorerais avoir des chambres d'hôtes.
20 On s'est mises à rêver toutes les deux de comment on les décorerait. Il y aurait une cheminée avec un grand feu dans la salle à manger pour les clients, et puis du chauffage partout, des couettes douillettes, des fleurs au printemps, et en automne, on ferait des bouquets avec des feuilles mortes de
25 toutes les couleurs, on ferait cuire les croissants nous-mêmes dans le four de la cuisinière, ça sentirait bon, et les gens voudraient plus jamais repartir. Il y aurait une piscine, aussi, et on pourrait se baigner, et elle serait couverte, pour quand il pleut. Ce serait trop cool !
30 Maman m'a passé la main dans les cheveux, elle a souri.

– Si seulement je pouvais gagner au Loto ! elle a ajouté en soupirant.

---

3 **engueuler** *fam* disputer – 10 **un souci** un problème – 11 **avoir la pêche** être en forme – 19 **une chambre d'hôtes** Bed and Breakfast – 23 **une couette** Steppdecke – 23 **douillet** gemütlich – 24 **un bouquet** Strauß – 26 **une cuisinière** *ici :* Herd

Je voulais pas gâcher l'ambiance, alors j'ai rien dit, mais j'ai pensé qu'avec tout l'argent qu'elle balançait dans les jeux à gratter et dans ses foutues clopes, on aurait sans doute pas pu monter des chambres d'hôtes, mais on aurait tout de même pu
5 acheter des tas de trucs dont on avait carrément besoin. Mais je voulais juste qu'elle continue à me caresser la tête. Ça me faisait ronronner comme un petit chat.

Jérôme Dos Santos, agent de police judiciaire à Nogent-le-Rotrou

10 La convocation déposée par les collègues de l'Orne était une simple demande « Pour affaire vous concernant ». Jusque-là, il n'avait en effet aucun motif sérieux pour saisir un magistrat. S'il avait même seulement essayé, il aurait essuyé un refus. La justice était en sous-effectif chronique, surtout depuis la
15 suppression des tribunaux de sous-préfecture. Dos Santos avait donc sérieusement douté de la possibilité d'obtenir une commission rogatoire. Il ne voyait même pas l'utilité d'en demander une, à vrai dire.

Le problème, cependant, était que Christelle Chevalier
20 n'avait pas daigné se présenter à la gendarmerie accompagnée de sa fille.

Se rendre à une convocation de police n'était obligatoire que dans deux cas : être entendu dans le cadre de renseignements sur un flagrant délit ou bien sur ordre d'un magistrat. En cas
25 de refus, l'officier de police judiciaire, en l'occurrence Lambert,

---

12 **saisir** *ici :* s'adresser à – 12 **un(e) magistrat(e)** Richter(in), Staatsanwalt(-anwältin) – 14 **être en sous-effectif** *m* ne pas avoir assez de personnel – 15 **un tribunal** Gericht – 15 **une sous-préfecture** *in etwa :* Kreisstadt – 17 **une commission rogatoire** Rechtshilfeersuchen – 20 **daigner faire qc** die Güte haben etw zu tun – 24 **un flagrant délit** frisch begangene Tat

le supérieur hiérarchique de Dos Santos, avisait le procureur qui pouvait décider que l'intéressé comparaissait de force. Or, si la conduite sans permis n'était plus un délit qualifié, cette affaire était tout de même bizarre. Christelle Chevalier
5 demeurait aux abonnés absents, alors que sa fille mineure avait été interpellée au volant de sa voiture, qu'elle conduisait sans permis. Son plus jeune enfant avait été hospitalisé, et là non plus, personne ne l'avait vue. Elle ressemblait de plus en plus à un fantôme, et cela ne plaisait pas du tout à Dos Santos. En
10 principe, pour enquêter sur une disparition, il fallait qu'elle ait été signalée. Rien de tel ne s'était produit mais il voulait en avoir le cœur net.

– Adjudant Lambert ?

Un grand escogriffe déplia d'interminables jambes à l'autre
15 bout de la pièce. Sa longue silhouette semblait avoir été taillée dans le bois d'un tremble. Il marcha jusqu'au bureau de Dos Santos en se balançant comme si le vent de mars soufflait dans ses branches encore dépourvues de végétation, puis il se pencha au-dessus de son subordonné, une main appuyée au
20 dossier du siège à roulettes, pour lire le rapport qui s'affichait à l'écran.

– Vous en pensez quoi ?

Lambert se gratta la nuque de sa main libre pour se donner le temps d'une courte réflexion.
25 – Ça fait beaucoup, en effet. Je pense que le proc' nous suivra. Faut y aller, Dos Santos.

L'OPJ Dos Santos entreprit immédiatement la rédaction d'un courrier destiné au procureur de Chartres, demandant l'autorisation de lancer une procédure d'enquête administra-

---

1 **un(e) supérieur(e)** Vorgesetze(r) – 1 **aviser** informer – 1 **un procureur, une procuratrice** Staatsanwalt(-anwältin) – 2 **comparaître** erscheinen – 5 **demeurer aux abonnés absents** *expr* être introuvable – 6 **interpeller qn** *ici :* die Personalien einer Person überprüfen – 11 **en avoir le cœur net** en être sûr – 13 **un(e) adjudant(e)** Oberfeldwebel – 14 **un grand escogriffe** un grand homme au corps disproportionné – 16 **un tremble** un arbre de la famille des *peupliers* (Pappel) – 19 **un(e) subordonné(e)** Untergebene(r) – 28 **un courrier** une lettre – 29 **une enquête administrative** behördliche Ermittlungen

tive. En cas de réponse positive, il pourrait accéder aux fichiers nominatifs des organismes publics ou privés afin d'essayer de localiser Christelle Chevalier. La Caf, Pôle emploi, la banque, ce type de choses...

5   En dépit de l'embouteillage chronique dans lequel les services de la Justice étaient coincés depuis plusieurs années, les affaires concernant les mineurs étaient traitées en priorité absolue.

   La réponse ne se fit pas attendre bien longtemps. Dès que
10 Lambert reçut le feu vert du procureur, il lança Dos Santos sur la piste de Christelle Chevalier.

   En vain, car là encore, tout semblait normal. Les allocations et aides diverses étaient bien versées sur son compte, régulièrement approvisionné et dont les mouvements indiquaient des
15 entrées et des sorties très modestes. La mère de Mona avait même récemment répondu à plusieurs courriers de la Caf et payait son loyer tous les mois à échéance. L'assurance du véhicule et celle du domicile étaient aussi prélevées sans qu'aucun problème soit intervenu. Du côté des parents
20 d'élèves, il n'y avait rien à signaler non plus, si ce n'est que Mona Lecouvreur n'était plus scolarisée depuis plusieurs mois. Mais l'école n'est obligatoire en France que jusqu'à seize ans révolus. Dos Santos ne disposait donc d'aucun élément concret qui puisse lui permettre d'émettre une présomption d'absence,
25 en dehors des refus de la mère à se présenter. Si Monique Destivelle n'avait pas effectué un signalement auprès de la gendarmerie de Valbert, l'affaire aurait sans doute été classée sans suite.

---

5 **en dépit de qc** malgré qc – 5 **un embouteillage** Stau *(ici : fig)* – 6 **coincé** bloqué –
12 **en vain** sans succès – 14 **approvisionner un compte** ein Konto mit Geld auffüllen –
15 **modeste** ≠ important – 17 **à échéance** f bei Fälligkeit – 18 **prélever** abziehen –
24 **une présomption** Vermutung – 27 **classé sans suite** aufgegeben, zu den Akten
gelegt

Monique Destivelle, conseillère municipale à Saint-Guillaume

« Je me posais des questions depuis déjà pas mal de temps, mais c'est difficile d'intervenir. On n'ose pas. On n'avait jamais beaucoup parlé ensemble, depuis qu'elles étaient arrivées avec
5 le bébé. C'est vrai qu'en principe, dans un village, tout le monde se connaît. Mais depuis quelques années, les choses ont pas mal changé. On voit débarquer des inconnus, des gens qui viennent des grandes villes, où ils n'ont plus les moyens de se
10 loger. Les locations ne sont pas chères, ici. Même le prix des maisons n'est pas très élevé. Pour trente mille euros, vous pouvez avoir une petite bicoque sans terrain en centre-bourg. Des familles modestes se laissent tenter. Mais après, c'est pas le tout, faut réparer, entretenir. C'est là que ça coince. Souvent,
15 ces familles n'y arrivent pas. Elles finissent par baisser les bras. Au conseil municipal, on en sait quelque chose. On a eu de tout ici, faut dire. Un père, une mère et leur grand fils qu'on avait réussi à sortir de la caravane dans laquelle ils passaient l'hiver, pour les mettre à l'abri dans un logement communal.
20 Total, le mari ivre mort a poussé sa femme dans les escaliers. Elle est partie à l'hôpital avec son pronostic vital engagé et lui, il a filé directement en prison. On a aussi quelques logements thérapeutiques. On nous colle des psychotiques perdus au milieu de nulle part, sans aucun moyen de déplacement, tu
25 parles si c'est pratique ! On a eu, dans ce bâtiment-là, des agressions au sabre, au couteau, et un mort par overdose. Même que c'est le maire qui a dû passer par la fenêtre pour constater le décès parce que les pompiers et les gendarmes n'osaient pas enfoncer la porte. On a eu un autre décès par
30 mélange alcool/cachets, et puis des cas de violence familiale,

1 **un(e) conseiller(-ère) municipal(e)** Stadt-/Gemeinderat(-rätin) – 8 **débarquer** *fam* arriver – 12 **une bicoque** *fam* une maison – 14 **ça coince** *fam* ça devient difficile – 20 **ivre mort** stockbesoffen – 21 **avec un pronostic vital engagé** qui risque de mourir – 28 **constater** feststellen – 28 **le décès** la mort – 30 **des cachets** *mpl* des médicaments

du deal, de l'inceste, et on n'a jamais réussi à faire venir une assistante sociale. C'est pas faute d'avoir insisté, pourtant. Je vous jure que c'est vrai, que je n'exagère pas. Tout ça pour vous dire qu'on essaie d'ouvrir l'œil, d'être vigilants. Mais ce n'est pas
5 toujours facile. Et donc, quand je les ai vues débarquer à Saint-Guillaume, je me suis dit que ça n'allait pas être brillant, au vu de l'épave que conduisait la mère. Je ne me trompais pas. Elle n'a pas tardé à émarger au CCAS de la commune. Au début, elle, je la voyais souvent devant sa maison, dans la cour. Elle
10 tournicotait dans son jardinet en fumant ses cigarettes. C'était « bonjour/bonsoir », pas plus, mais c'était au moins ça. De temps en temps, je croisais la petite, aussi. Elle s'occupe beaucoup du bébé. Ça, on peut dire qu'elle est vive. Au début, elle allait au lycée, mais il me semble qu'elle a vite laissé tomber.
15 J'ai commencé à me poser des questions quand je l'ai vue partir un matin toute seule avec son petit frère dans la voiture. Je me suis dit qu'elle avait peut-être passé le permis, je ne voulais pas être indiscrète. Je ne me rappelle plus quand exactement, je me suis demandé depuis combien de temps je n'avais plus vu la
20 mère. Quand je me suis posé la question, je me suis aperçue que ça devait bien faire plusieurs semaines. Du coup, j'ai demandé à Thierry. Thierry, c'est mon mari. Il ne l'avait pas vue non plus depuis un bout de temps. J'ai pensé qu'elle était peut-être partie en voyage, ou qu'elle avait été hospitalisée. J'ai fini
25 par poser la question à la petite, qui m'a appris que sa mère était en formation au Mans et que, pendant ce temps-là, c'était elle qui s'occupait du bébé. Au moins, c'était une bonne nouvelle qu'elle soit sur la piste d'un travail. Sauf que quelque chose me turlupinait. La gamine, j'ignorais son âge. Il n'y avait
30 qu'un moyen de savoir. Sa date de naissance était dans les dossiers du CCAS. Et bien sûr, elle n'avait pas le droit de

---

2 **ce n'est pas faute d'avoir fait qc** ce n'est pas parce que ça n'a pas été fait – 4 **vigilant** wachsam – 7 **une épave** *ici :* Autowrack – 8 **émarger** *ici :* venir chercher de l'aide – 8 **CCAS** le centre communal d'action sociale – 10 **tournicoter** marcher de ci de là (→ tourner) – 20 **s'apercevoir de qc** remarquer qc – 28 **sauf que** *ici :* mais – 29 **turlupiner** *fam* irriter, embêter

conduire, puisqu'elle venait d'avoir dix-sept ans. Quand mes soupçons ont été confirmés, je me suis décidée à informer le maire au plus vite. Après tout, il est aussi officier de police judiciaire, tout comme les adjoints au maire. S'il arrivait
5 quelque chose, je ne sais pas, moi, un accident... Mais après quelque temps, je n'ai plus vu la voiture. Et puis, un matin, les gendarmes sont venus frapper à leur porte. Je savais que la petite était là. Je l'avais aperçue quand elle sortait sa poubelle, juste quand je revenais de la boulangerie de Nogent, un peu
10 plus tôt. J'ai bien vu qu'elle ne leur avait pas ouvert. Ils sont repartis au bout d'un moment. Là, je me suis dit que quelque chose clochait, qu'il fallait que j'en aie le cœur net. J'ai laissé passer une heure ou deux et puis je me suis décidée à aller frapper, moi aussi. Le rideau, à la fenêtre, s'est soulevé
15 imperceptiblement.

Quelques secondes de plus se sont écoulées et j'ai entendu la voix de Mona, derrière le vantail.

– C'est pour quoi ?

– Mona ? C'est Monique Destivelle, la voisine.

20 La petite n'a pas ouvert. Elle a simplement redemandé d'une voix qui tremblait légèrement :

– C'est pour quoi ?

– Mona ? Tu peux ouvrir, s'il te plaît ? j'ai demandé.

– Attendez.

25 Il y a eu un bruit de chaîne de sécurité qu'on enlève, de serrures. Enfin, elle a entrouvert. Son petit minois pâle est apparu, une joue appuyée contre le chambranle.

– Oui ?

– Ta mère est là ?

30 – Non, elle est toujours en formation au Mans.

Elle me regardait droit dans les yeux, sans ciller.

---

2 **un soupçon** Verdacht – 4 **un(e) adjoint(e) au maire** stellvertretende(r) Bürgermeis-
ter(in) – 12 **qc cloche** *fam* qc est bizarre – 14 **un rideau** Vorhang – 15 **imperceptiblement**
ici : un tout petit peu – 17 **un vantail** Fensterflügel – 26 **une serrure** Türschloss – 26 **un
minois** un jeune visage – 27 **un chambranle** Türrahmen – 31 **sans ciller** sans bouger

– Pourquoi tu n'as pas ouvert aux gendarmes ?

Elle a papilloté des paupières. Elle a fini par baisser le regard en marmonnant :

– Je les ai pas entendus.

5 Elle mentait, c'était évident. Je me suis avancée d'un pas. Je voulais mettre mon pied dans la porte, mais Mona l'a presque entièrement refermée.

– Mona ? Tu veux bien me laisser entrer, s'il te plaît ?

Elle s'est mordu la lèvre inférieure.

10 – Maman dit de pas laisser entrer des inconnus, surtout quand elle est pas là.

– Mona, je ne suis pas une inconnue. Je suis ta voisine.

– C'est que... Justin dort, je voudrais pas qu'il se réveille. Il a été malade, il a eu de la fièvre.

15 – Raison de plus, Mona. Et la voiture, elle est où ? Qu'est-ce qui est arrivé à la voiture ?

– Elle est en panne. Elle est au garage.

– Et ta mère, elle est au courant que Justin est malade ? Que la voiture est en panne ?

20 – Oui, oui. Je lui ai dit.

Elle se dandinait d'un pied sur l'autre comme une petite fille prise en faute.

– Et elle sait que tu conduis sans permis ?

Elle a sursauté, comme si je venais de la piquer avec la pointe
25 d'un couteau. Elle a relevé la tête et m'a toisée, un brasier au fond des yeux. Elle a crié :

– Laissez-nous tranquilles !

Et elle m'a claqué la porte au nez. »

Monique Destivelle s'interrompt, submergée par la culpa-
30 bilité. L'officier de police judiciaire tape encore quelques mots. Enfin, ses mains demeurent suspendues au-dessus du clavier,

---

2 **papilloter des paupières** *fpl* ouvrir et fermer les yeux rapidement (**une paupière** Augenlid) – 21 **se dandiner d'un pied sur l'autre** von einem Fuß auf den anderen treten – 22 **pris en faute** auf frischer Tat ertappt – 25 **toiser qn** jdn verächtlich anschauen – 25 **un brasier** un feu *(ici : fig)* – 29 **la culpabilité** Schuldgefühl

comme celles d'un pianiste qui s'apprête à démarrer un concert.

Monique Destivelle respire à fond, un grand coup. Elle ferme les yeux, les rouvre :

5 « C'est cette fois-là que j'ai vraiment décidé d'aller parler au maire. »

5. LE GARAGE

Julien Chomeil, adjudant, officier de police judiciaire à la gendarmerie de Valbert

Après avoir reçu la demande d'information de la brigade de Nogent, les gendarmes Lemay et Baratier s'étaient bien
5 présentés au domicile de Christelle Chevalier pour y déposer une convocation simple, mais la mère n'avait pas daigné donner la moindre suite à leur requête. Rien de grave en soi. Elle avait certainement d'autres chats à fouetter. Au pire, elle avait dû passer un savon à sa fille et avait négligé de se pointer
10 à la gendarmerie. Si, toutefois, elle ne lui avait pas carrément donné raison. Après tout, une gamine qui prend la voiture de ses parents et qui se fait coincer, c'est plutôt de l'ordinaire dans une vie de gendarme. Et les parents qui soutiennent leurs enfants quand ils font des conneries au lieu de les réprimander,
15 avait pensé Chomeil avant de mettre le dossier de côté, sont de plus en plus nombreux.

Oui, vraiment, tout ça aurait pu rester sans suite. Mais quand David Duquesne, le maire de Saint-Guillaume, s'était présenté à la gendarmerie accompagné de Monique Destivelle, Julien
20 Chomeil avait compris qu'il se passait quelque chose d'anormal.

Décidément, tout ça ne sentait pas très bon.

À son tour, l'adjudant Julien Chomeil avait décidé d'adresser une requête au procureur de la République d'Alençon, la préfecture de l'Orne. En murmurant, il parcourut une dernière

---

9 **passer un savon à qn** *expr fam* disputer qn – 9 **négliger** *ici :* oublier – 10 **toutefois** dennoch – 12 **se faire coincer** *fam* erwischt werden – 13 **soutenir qn** défendre qn – 14 **une connerie** *fam* une bêtise – 14 **réprimander qn** disputer qn – 21 **décidément** vraiment

fois le document qu'il venait d'imprimer. Il repérait toujours mieux les erreurs et fautes de frappe quand il lisait à voix haute :

Au vu de l'ensemble des informations recueillies par l'officier de police judiciaire de la brigade de Nogent-le-Rotrou, l'adjudant
5 *Jérôme Dos Santos, et en dépit du fait que la situation administrative et bancaire de madame Chevalier était parfaitement à jour, suite au témoignage de madame Monique Destivelle, retraitée, élue municipale, suite à impossibilité de joindre madame Christelle Chevalier par téléphone ou par convocation*
10 *simple en dépit des nombreux messages qui lui ont été adressés, nous jugeons opportun, deux mineurs étant impliqués, de la signaler en tant que personne titulaire de l'autorité parentale manquante à son domicile. En l'absence de père déclaré pour Justin Chevalier, et le père de Mona Lecouvreur étant décédé en*
15 *2006 après avoir mis fin à ses jours, je mande donc commission rogatoire afin de convoquer Christelle Chevalier pour « citation à témoin », avec suspicion de délaissement de mineurs, etc., etc...*

Bon, ça allait. Il n'y avait plus qu'à patienter.

Il regarda longuement la photographie posée sur son bureau.
20 Un simple cliché de vacances, pris en Vendée l'été précédent. Ses collègues n'installaient plus ces instantanés du bonheur sur leurs bureaux. Désormais, ils les conservaient sur leurs smartphones. Lui seul persistait à utiliser encore un appareil photo, par fidélité à une passion adolescente pour l'argentique.
25 Il se rappelait avoir choisi de cadrer en hauteur. Audrey, sa femme, portait un maillot une pièce rouge qui soulignait une mince silhouette de joggeuse compulsive. À côté d'elle,

---

1 **repérer qn/qc** trouver qn/qc – 2 **une faute de frappe** Tippfehler – 3 **au vu de qc** in Anbetracht einer Sache – 3 **recueillir** collecter – 5 **en dépit de qc** malgré qc – 6 **à jour** *ici :* en règle (in Ordnung) – 8 **un(e) retraité(e)** Rentner(in) – 8 **un(e) élu(e) municipal(e)** Stadtrat/-rätin – 8 **joindre** erreichen – 11 **opportun** *ici :* angebracht – 12 **titulaire de qc** etw besitzend – 15 **mander** beantragen – 15 **une commission rogatoire** Rechtshilfeersuchen – 17 **une suspicion** Verdacht – 17 **un délaissement** un abandon – 21 **un instantané** Momentaufnahme – 22 **désormais** *ici :* de nos jours (heutzutage) – 23 **persister à faire qc** continuer à faire qc – 24 **l'argentique** *m ici :* Analogfotografie – 27 **compulsif** zwanghaft

rayonnante et tout aussi blonde, Chloé, leur fille de seize ans, aux longs cheveux emmêlés collés par le sel. Son bikini laissait voir deux tatouages de crânes de pirates incrustés côte à côte sur son ventre bronzé, séparés seulement par le piercing qui
5 trônait au cœur de son nombril. Ce bel ensemble avait été l'objet d'une sérieuse engueulade familiale. Chomeil soupira. Chloé avait presque l'âge de Mona...

Mona

Le matin dont je vous parle, comme je sais pas combien
10 d'autres matins, c'est les pleurs de Justin qui m'ont réveillée. Devinez quoi ? Il avait faim, cette bonne blague. Je me suis secouée en maudissant Christelle parce qu'une fois de plus, elle arrivait pas à se lever pour lui donner son biberon.
   – Fait chier, putain, j'ai marmonné, avant de hurler à
15 l'intention de Justin : « J'arrive, mon bonhomme ! »
   Mais ça l'a pas calmé pour autant. Il avait grave les crocs, le pauvre, quand je me suis traînée jusqu'à sa chambre. En passant devant la porte de Christelle, j'ai gueulé : « Debout, maman, sérieux ! T'entends pas Justin qui pleure ? » Je me
20 disais, merde, c'est pas vrai, quel boulet, parfois ! Mais j'ai aussi repensé à la bonne journée qu'on avait passée la veille, au centre commercial, et tout, et comment on avait rigolé toute la soirée avec les chambres d'hôtes. Je me suis dit bon, c'est pas grave, c'est les cachets qu'elle prend, je peux pas lui en vouloir.
25 Alors en attendant qu'elle se lève, j'ai fait manger mon petit

---

1 **rayonnant** strahlend – 2 **emmêlé** zerzaust – 3 **un crâne** Schädel – 3 **incrusté** *ici :* eingraviert, eingeprägt – 5 **un nombril** Bauchnabel – 6 **une engueulade** *fam* une dispute – 12 **se secouer** sich aufraffen – 12 **maudire** verfluchen – 14 °**hurler** crier – 16 **grave** *ici : fam* vraiment – 16 **avoir les crocs** [kʀo] *fam* avoir faim – 18 **gueuler** *fam* crier – 20 **un boulet** *ici :* Last

frère en regardant des dessins animés avec lui, avant de le mettre dans son parc pour qu'il joue pendant que je m'occupais un peu de moi. Je me suis préparé un chocolat, à l'eau parce que j'aime pas le lait, ça me donne mal au cœur, de toute façon,
5 je mange jamais le matin. Je voulais aller prendre une douche, mais avant ça, je voulais que Christelle se lève, pour pas laisser Justin tout seul. Même quand il est enfermé, j'aime pas le laisser sans surveillance. J'ai frappé à la porte de la chambre, et comme maman répondait pas, j'ai passé une tête et j'ai redit :
10 – Allez, Christelle, lève-toi, merde. J'ai déjà fait manger Justin, et je veux aller me laver. Je fais démarrer ton café, si tu veux.

Comme elle avait pas l'air de vouloir bouger, je suis allée à la fenêtre et j'ai tiré les rideaux d'un coup, ça ferait pas de mal d'aérer un peu, là-dedans, parce que ça puait vraiment la clope
15 froide. Je me suis retournée et je l'ai vue, sur le lit, les lèvres bleues, la bouche grande ouverte, la tête renversée en arrière. Je me suis jetée à côté d'elle tout en appelant :
– Maman, maman, réveille-toi !

Mais je savais déjà. J'avais jamais vu de mort de ma vie,
20 pourtant. Mais rien qu'à la regarder, j'étais sûre. J'étais sûre dès que j'ai senti sa peau glacée sous mes doigts, même quand je l'ai secouée, quand j'ai continué à l'appeler. Mais on sait jamais, je me suis dit, il y a peut-être encore quelque chose qu'on peut tenter. Je me suis précipitée sur le portable posé sur sa table de
25 nuit en me demandant, putain, c'est quoi, déjà, le numéro des pompiers, c'est le 17 ou c'est le 18 ? Le 18, c'est les flics, ou c'est le contraire ? D'un coup, j'étais perdue. J'avais la gorge sèche, mon pauvre cœur allait lâcher, comme celui de Christelle. Non, fallait pas, fallait que je me calme, sinon, Justin allait se
30 retrouver tout seul. C'est là que j'ai eu la vision. Merde, Justin. Qu'est-ce que je croyais ? Ils allaient l'emmener, si Christelle

---

1 **un dessin animé** Trickfilm – 2 **un parc** *ici* : Laufstall – 4 **de toute façon** *ici :* sowieso –
8 **sans surveillance** *f* unbeaufsichtigt – 14 **puer** sentir mauvais – 21 **la peau** Haut –
22 **secouer** schütteln – 26 **un(e) pompier(-ière)** Feuerwehrmann/-frau – 27 **la gorge**
Kehle – 28 **lâcher** *ici :* arrêter de fonctionner – 31 **emmener qc/qn** etw/jdn mitnehmen

était morte. C'était comme dans un cauchemar. Je les ai vus arriver, le prendre, nous séparer l'un de l'autre. Je me suis dit, non, c'est pas possible. Elle va se réveiller. Je vais retourner regarder un peu la télé et elle va se réveiller, et tout va continuer comme avant.

Je sais pas combien de temps je suis restée devant France 2 pendant que mon petit frère jouait tout seul dans son parc à se raconter des histoires. Tout ce que je sais, c'est que j'ai fini par m'assoupir sur le canapé.

Quand je me suis réveillée, Justin était endormi. Je me sentais comme dans du coton. J'ai pris le petit dans mes bras, tout doucement pour pas le réveiller, et je l'ai porté jusqu'à son lit. Puis je me suis dit qu'il fallait que j'aille réveiller Christelle. Et je me suis souvenue. Mais j'étais pas sûre. J'ai essayé de me persuader que j'avais fait un rêve atroce. J'allais frapper à la porte de sa chambre, elle allait me répondre de sa voix enrouée que c'était bon, qu'elle arrivait. Je l'entendrais allumer sa clope entre deux quintes de toux et elle me demanderait de démarrer la cafetière. Je suis allée jusqu'à la porte, le plus lentement possible. Putain, je voulais pas y retourner. Une moitié de moi voulait croire que c'était pas vrai, l'autre savait mais voulait pas savoir. Comment je me suis forcée à tourner cette putain de poignée !

J'avais pas rêvé. Elle était toujours là, elle était toujours morte. Elle avait même l'air encore plus morte, je peux pas vous expliquer.

J'arrêtais pas de me répéter : « Réfléchis, ma fille, réfléchis ! », mais j'arrivais pas à penser. Vraiment pas. J'ai ramassé son paquet de tabac sur la table de nuit, je suis allée jusqu'à la cuisine, je me suis assise sur une chaise, en vrai, je me suis carrément laissée tomber dessus, j'ai sorti son briquet du paquet et je m'en suis roulé une. Juste une. J'avais pas fumé depuis super longtemps. Ça m'a un peu calmée.

---

1 **un cauchemar** un rêve horrible – 9 **s'assoupir** s'endormir – 15 **atroce** horrible –
16 **enroué** heiser – 18 **une quinte de toux** f Hustenanfall – 23 **une poignée** ici : Griff –
28 **ramasser qc** etw aufheben – 31 **un briquet** Feuerzeug

Bon, si j'appelais les pompiers, les gendarmes, le 17 ou le 18, l'ordre avait plus vraiment d'importance, qu'est-ce qui se passerait ?

J'ai pas eu beaucoup de mal à trouver la réponse. Ils emporteraient le corps de Christelle, elle aurait un enterrement de pauvre, et après ça, ils placeraient Justin dans une famille d'accueil et moi dans une autre. À tous les coups, on allait être séparés. Peut-être pour toujours. J'avais de la peine, je vous dis pas. Mais d'un autre côté, j'étais en colère contre elle, aussi. Je me suis dit, putain, Christelle, c'est vraiment trop con. Dans un an, j'aurais eu dix-huit ans, dans un an, j'aurais été majeure. J'aurais pu trouver un boulot, n'importe lequel, et garder mon petit frère avec moi. On m'aurait donné l'autorité parentale. J'ai pas pu m'empêcher de lui dire : Il aurait suffi que tu meures un an plus tard. Un an. Merde.

Je me suis mise à pleurer sans plus pouvoir m'arrêter. Pourtant, je suis pas le genre. J'ai pensé à papa, à papa qui aurait pu nous aider et qui était mort, lui aussi. Qu'est-ce qu'ils avaient tous à mourir, dans cette famille, merde ! J'étais toute seule, à présent. Justin avait plus que moi.

Et puis, d'un coup, j'ai décidé que non, ils allaient pas me le prendre. Que non, je le perdrais pas, lui aussi, et qu'il me perdrait pas non plus. Que si je pouvais cacher la mort de Christelle jusqu'à ma majorité, ce serait gagné. Sauf que Christelle, c'était pas un petit format, et qu'est-ce que j'allais faire d'elle pendant un an ?

J'ai pensé que je pourrais essayer de la faire rentrer dans la Twingo à la nuit tombée, puis que je pourrais aller l'enterrer quelque part dans la forêt. Je dirais qu'elle était partie. C'était pas si dur, après tout. Qui c'est qui remplissait les papiers pour la Caf ? Qui surveillait la banque pour pas qu'elle siphonne tout l'argent avec les cartes à gratter et les cigarettes ? Qui répondait au courrier ? Son RSA arrivait tous les mois sur le compte,

---

5 **un enterrement** Beerdigung – 8 **avoir de la peine** être triste – 31 **siphonner** vider (leeren) – 33 **le RSA** *abrév de* **revenu de solidarité active** : une aide de l'État qui garantit un revenu minimal (Mindestsicherung)

pareil pour les APL et les allocations familiales. J'avais qu'à continuer...

Sauf que je pouvais pas faire ça, parce que si j'allais enterrer Christelle dans la forêt, je pourrais plus dire qu'elle était morte, personne saurait et elle aurait jamais un bel enterrement, même de pauvre. Même Justin, il saurait jamais. Christelle avait pas que des qualités, mais c'était ma mère, c'était notre mère, et je l'aimais. Je veux dire, je l'aime. Et ce qui lui est arrivé, c'est pas tout de sa faute, elle a pas eu de chance. Papa et elle ont pas eu de chance. Elle méritait pas ça. Et elle méritait pas de terminer dans les bois, sous la terre, sans qu'il y ait un endroit pour mettre des fleurs sur sa tombe.

C'est là que j'ai pensé au congélateur.

Ben oui, je me suis dit, il doit être assez grand. Le problème, ça va pas être la longueur, plutôt la largeur. Mais peut-être que oui, quand même, elle y rentrait. Une chance, fauchés comme on était, il était vide. Il devait rester deux ou trois pizzas congelées au fond, mais c'était tout. J'ai pensé que si j'arrivais à la mettre là-dedans, je pourrais la ressortir dans un an, la laisser décongeler et puis je la remettrais dans son lit, comme ce matin. Je me suis dit que ça se verrait pas. C'est vrai, quand vous décongelez un poulet ou un steak haché pour le cuire, sérieux, c'est pas marqué dessus qu'il a été congelé. Ça se voit pas. Il y avait pas de raison pour que ce soit pas pareil avec les humains.

Après, j'aurais plus qu'à refaire comme ce matin. Frapper, rentrer dans sa chambre, et puis faire le 17, le 18 ou tout ce que vous voudrez, et dire que je l'avais trouvée morte. En plus, Justin est encore petit. Je me suis dit qu'il pourrait rien raconter, qu'il se souviendrait pas et que je pourrais le garder avec moi, et puis l'élever, et on serait jamais séparés. Et Christelle aurait un

---

1 **les APL** *abrév de* **aide personnalisée au logement** : une aide de l'État pour payer son *loyer* (Miete) – 1 **les allocations familiales** *fpl* une aide de l'État pour les familles avec enfant(s) – 9 **la faute** *ici :* Schuld – 10 **mériter** verdienen – 11 **les bois** *mpl* la forêt – 12 **une tombe** Grab – 13 **un congélateur** Tiefkühltruhe → **congeler** einfrieren – 16 **fauché** *ici : fam* pauvre – 24 **pareil(le)** semblable (ähnlich) – 31 **élever qn** jdn aufziehen

vrai enterrement à elle, et on pourrait aller mettre des fleurs quand on voudrait sur sa tombe au cimetière de Saint-Guillaume.

Oui, c'était ça qu'il fallait faire. Après, il allait falloir tenir un
5   an.

Julien Chomeil, adjudant, officier de police judiciaire à la gendarmerie de Valbert

Une fois de plus, comme à son habitude, Chomeil relit son procès-verbal en murmurant entre ses dents. Cette manière de
10 se relire ainsi, c'est aussi sa thérapie personnelle. Julien Chomeil est bègue. Il voit régulièrement une orthophoniste depuis l'enfance. Il ne l'a jamais dit à personne, au travail. Seule sa femme est au courant. À l'inverse de nombre de ses collègues, il n'est pas marié à une gendarme. Ça aide à
15 garder les secrets. Il a épousé une enseignante. Professeure d'éducation physique et sportive, et marathonienne. Jusque-là, elle a toujours réussi à le suivre, à se faire muter dans les mêmes régions que lui. Chomeil bute toujours sur le même mot, « force », il ne sait pas pourquoi. Il s'arrête, respire à fond et
20 reprend sa lecture au début :

La réquisition suite à la première commission rogatoire délivrée à Nogent étant restée sans suite et la personne convoquée n'ayant jamais donné aucune suite à nos différentes démarches, en accord avec le bureau du procureur de la République
25 *d'Alençon, nous avons requis un mandat d'amener au nom de madame Christelle Chevalier. Nous nous sommes présentés à*

---

11 **être bègue** stottern – 11 **un(e) orthophoniste** Logopäde(-pädin) – 13 **à l'inverse de** contrairement à – 17 **muter** versetzen – 18 **buter sur qc** über etw stolpern – 21 **une réquisition** ici : Anforderung, Antrag – 23 **une démarche** ici : une action, une requête – 25 **requérir** beantragen – 25 **un mandat d'amener** Vorführungsbefehl

son domicile le 30 mars 2019 à 6 h 30, accompagnés d'un
serrurier et du travailleur social à mi-temps qui accompagne la
gendarmerie quand des mineurs sont concernés, en vertu de
l'article 76, en possession des documents permettant d'utiliser la
5 *f... force publique – cette fois, il lit jusqu'au bout, sans s'arrêter*
–, afin d'obliger à sa comparution.

C'est juste le style de journées pourries qu'il déteste, parce qu'elles lui crèvent le cœur.

Déjà, quelques semaines plus tôt, il s'est retrouvé avec un
10 bébé sur les bras. Un nouveau-né, âgé de quelques heures à peine, que la mère, une adolescente complètement paumée, a abandonné sur le plateau du pick-up d'une des infirmières du centre de santé. Heureusement, elle s'en est aperçue avant de démarrer pour rentrer chez elle, à vingt kilomètres de là. Sinon,
15 il serait mort de froid. Elle l'a entendu gémir. Elle a d'abord cru à un chaton. La mère n'a pas été bien difficile à retrouver, elle était connue des services de police. Un prélèvement d'ADN a suffi. L'adolescente est en prison, le bébé est placé. Autrefois, il y avait des tiroirs dans les murs des couvents, dans lesquels
20 les mères désespérées déposaient les enfants dont elles ne voulaient pas, parce qu'elles ne pouvaient pas les élever, parce qu'elles étaient trop pauvres. Et voilà. On y était à nouveau. Sauf qu'il n'y avait plus de tiroirs dans les murs.

Chomeil sait que ce soir, il aura du mal à s'endormir. Il sait
25 qu'il revivra encore et encore cette matinée-là. Ce 30 mars 2019 à 6 h 30 du matin. C'est comme un film sans fin, qui se répète encore et encore. Il aurait peut-être pu faire autrement. Faire mieux. Il n'aurait peut-être pas dû...

C'est lui, l'adjudant Julien Chomeil, qui pénètre le premier
30 dans la maison des Chevalier, à Saint-Guillaume. Ses collègues

---

2 **un serrurier** Schlosser – 3 **en vertu de qc** kraft einer Sache – 5 **la force publique**
ici : la police, les gendarmes – 6 **une comparution** Vorführung – 8 **crever le cœur à qn**
fig deprimer qn – 11 **paumé** *fam* perdu – 12 **un pick-up** *ici :* une camionnette
(Kleintransporter) – 13 **s'apercevoir de qc** remarquer qc – 15 **gémir** stöhnen – 17 **un**
prélèvement d'ADN die Entnahme einer DNA-Probe – 18 **placer un bébé/un enfant**
confier un bébé/un enfant à une famille d'accueil – 19 **un tiroir** Schublade – 19 **un**
couvent Kloster – 20 **désespéré** verzweifelt

ont frappé longtemps à la porte, ils se sont annoncés à grands renforts de « Gendarmerie, ouvrez ! ». Personne n'a répondu à leur appel. Il n'y a pas un bruit à l'intérieur. Rien qu'ils puissent percevoir, en tout cas. Réveillée par les
5 injonctions des gendarmes, Monique Destivelle se tient sur le pas de sa porte. Elle est encore en robe de chambre et observe la scène éclaboussée par la lumière de drame stroboscopique des voitures qui renvoient des éclats bleutés sur la façade. Soudain, d'un pas décidé, elle s'avance dans la cour. À son tour,
10 elle cogne sur le vantail en criant :
    – Mona, ouvre ! On sait que tu es là !
    Mais rien ne bouge, rien ne se passe.
    Chomeil demande alors à Monique Destivelle de reculer. Il donne son consentement d'un simple signe de tête et le
15 serrurier pose sa boîte à outils par terre. Avec la mine recueillie d'un pèlerin en prière, il s'agenouille devant la porte. Au bout de quelques minutes, la serrure cède. Malgré l'heure, l'adjudant de gendarmerie transpire sous son gilet pare-balles. Il entre le premier, pénètre dans un couloir sombre. Sur sa gauche, une
20 porte ouverte donne sur un salon. Il en détaille le contenu, un vieux canapé, une télé à écran plat, une table, quatre chaises et un siège pour bébé, un buffet. Il remarque qu'en dépit de la vétusté du mobilier, qui semble avoir été récupéré dans une déchèterie ou chez Emmaüs, la pièce, d'une propreté absolue,
25 est impeccablement rangée, en dehors d'un parc d'enfant au sol jonché de jouets. Personne. À sa droite s'ouvre une autre porte qui donne sur la cuisine. Devant lui, un escalier et juste à côté, une autre porte, fermée, celle-là. Sans doute une salle

---

4 **percevoir** wahrnehmen – 5 **une injonction** un ordre, un ultimatum – 6 **le pas de la porte** Türschwelle – 7 **éclabousser** bespritzen *(ici : fig)* – 14 **donner son consentement** donner son accord – 15 **recueilli** besinnlich – 16 **un pèlerin** Pilger – 17 **céder** capituler, *ici :* se casser – 18 **un gilet pare-balles** kugelsichere Weste – 23 **la vétusté** l'ancienneté (veralteter Zustand) – 24 **une déchèterie** Mülldeponie – 24 **Emmaüs** une organisation qui recycle, répare et revend des objets de seconde main – 25 **impeccablement** parfaitement – 26 **jonché de qc** (re)couvert de qc (mit etw bedeckt)

d'eau, ou des toilettes. Soudain, derrière la porte, un bruit de verre brisé. Un cri effrayé.

Le gendarme Lemay, qui attendait dehors, alerte ses collègues :

5 – Attention ! Elle s'enfuit par-derrière !

Sans plus réfléchir, Chomeil fonce droit devant lui. La porte est probablement verrouillée. Il n'essaye même pas d'ouvrir, d'instinct, il lance juste son pied chaussé d'une lourde Ranger dans l'huis qui cède dans un craquement. Il sait qu'il ne
10 devrait pas, que les gendarmes sont responsables des dégâts occasionnés dans la maison, mais il y a peut-être une vie en danger, qui peut savoir ?

Dans sa hâte, en s'enfuyant, Mona a dû cogner un carreau de la fenêtre de la salle de bains à présent ouverte sur la campagne,
15 sur l'arrière de la maison. Le verre brisé crisse sous les semelles du capitaine.

Dehors, une voix féminine hurle :

– Laissez-nous ! Laissez-nous tranquilles !

Bruits de lutte, grognements. Chomeil enjambe le rebord de
20 la fenêtre et découvre la scène, à l'angle du mur arrière. Une adolescente seulement vêtue d'un T-shirt et d'un short de nuit en coton gris à motifs de papillons roses, pieds nus, tient un petit enfant serré dans ses bras. Lemay tente de le lui arracher, tandis qu'un autre gendarme, Baratier, essaie de la maîtriser
25 par-derrière. Mais la gamine se bat avec l'énergie du désespoir. Avec l'enfant dans ses bras, auquel elle s'agrippe, pas moyen d'utiliser une bombe lacrymogène. En trois pas, Chomeil a rejoint Lemay et Baratier. La jeune fille grogne, il sent son haleine sur son visage. Il ordonne à Lemay :

---

2 **brisé** cassé (gebrochen) – 2 **effrayé** *ici :* qui exprime la peur – 5 **s'enfuir** partir très vite – 6 **foncer** aller très vite – 7 **verrouillé** fermé à clé – 9 **un huis** *vx* une porte – 10 **des dégâts** *mpl* Schaden – 11 **occasionné** verursacht – 13 **la °hâte** Eile – 15 **une semelle** Sohle – 19 **un grognement** Murren – 20 **un angle** Ecke – 24 **maîtriser qn** jdn überwältigen – 26 **s'agripper à qc/qn** sich an etw/jdm festklammern – 27 **une bombe lacrymogène** Tränengasspray – 29 **l'haleine** *f* Atem

– Attrape-lui les jambes !

La gendarme connaît la manœuvre par cœur. Elle lâche les bras de l'adolescente, se baisse, enserre ses genoux et les lève. Déséquilibrée par le poids de l'enfant qu'elle porte, Mona se couche sur Baratier qui la ceinture. Un par un, Chomeil défait les doigts qui retiennent encore le petit, à présent en larmes. La jeune fille rue de toutes ses forces et sentant qu'enfin il lui échappe, elle crie :

– Non, je vous en supplie, non ! Nooonnnn !

Et cet interminable « Non » monte dans les aigus, se cogne aux nuages rose pâle de cette aube printanière.

Elle est au sol, les bras encore tendus dans le vide, prisonnière de Baratier et Lemay, et Chomeil emporte l'enfant cramoisi de colère et de peur qui crie de plus belle, pleure de plus belle, jusqu'à la voiture où il le remet entre les mains de Florent Pasquier, le jeune travailleur social dont c'est la première descente à domicile. Il est encore inexpérimenté, mais Chomeil constate qu'il se maîtrise assez pour que son émotion ne soit pas perceptible. Il fait tout pour calmer le bambin, qui continue pourtant à brailler. Monique Destivelle s'approche et tend les bras en un geste charitable. Décontenancé, Pasquier la regarde. Il n'a pas plus de vingt-deux ou vingt-trois ans, pense Monique Destivelle.

– Donnez, je sais faire, dit-elle.

Le jeune homme dépose l'enfant dans le giron de Monique Destivelle qui, tout de suite, se met à le bercer, tentant de le rassurer à grands renforts de « Chhht, allez, chut, ça va aller, ça va aller… ». Mais non, ça ne va toujours pas, parce que le petit

---

1 **attraper** festnehmen – 2 **lâcher** loslassen – 5 **ceinturer qn** jdn umklammern, jdn festhalten – 7 **ruer** ausschlagen – 9 **supplier** anflehen – 10 **les aigus** *mpl* hohe Töne – 11 **l'aube** *f* le lever du jour – 13 **cramoisi** rouge – 14 **de plus belle** *expr* encore plus fort – 17 **une descente (de police)** une intervention (Einsatz) – 19 **un bambin** *fam* un enfant – 20 **brailler** crier, pleurer – 21 **charitable** barmherzig – 21 **décontenancé** aus der Fassung (gebracht) – 25 **le giron** Schoß – 26 **bercer** wiegen – 27 **rassurer** calmen (beruhigen) – 27 **à grands renforts de qc** avec beaucoup de qc

voit bien Mona qui gît à terre, à présent sur le ventre, menton, nez dans sa bave et ses larmes tandis que l'adjudant Chomeil lui rabat les poignets dans le dos.

Enfin, Lemay l'aide à se relever. Le plus gentiment possible, elle l'entraîne vers le véhicule de gendarmerie :

– Venez, on va rejoindre Justin et Florent Pasquier. C'est notre travailleur social, il va s'occuper de vous.

À présent que ses collègues ont la situation bien en main, Chomeil retourne dans la maison afin de s'assurer qu'il ne reste personne. Par acquit de conscience, il repasse par le salon, toujours vide, la salle de bains jonchée d'éclats de verre, pénètre dans la cuisine, une cuisine standard, aussi propre que le reste de la maison. Pas à pas, il monte l'escalier, gravit prudemment, une par une, les marches de bois qui grincent sous son poids.

Enfin, il parvient sur un palier desservi par trois portes. Toutes ouvrent sur des chambres. Toutes sont vides. Dans la première, un grand lit impeccablement fait, une table de nuit désassortie à l'armoire. Un tapis de laine sur le parquet. Sur la table de nuit, un cendrier vide, propre. Dans l'air, une vague, très vague odeur de tabac froid, déjà ancienne, comme si la pièce était abandonnée depuis un moment, comme si personne n'y avait dormi depuis longtemps. Chomeil sent ces choses-là, d'autant que la chambre voisine contraste avec celle-ci. Les rideaux sont tirés, la lumière est allumée. La pièce est un peu moins rangée. Le lit est défait. Chomeil pose la paume de sa main sur les draps, encore tièdes. Des vêtements gisent au sol. Un sweat-shirt, un T-shirt bouchonnés, des chaussettes roses, un pantalon de jogging. Sur les murs, des affiches de chanteurs que Chomeil ne connaît pas, d'un joueur de foot que, par contre, il reconnaît : Kilian Mbappé. À l'autre bout de la pièce, un lit d'enfant, lui aussi défait. Ils dormaient là. Chomeil pénètre dans la dernière

1 **qn gît** jd liegt – 2 **la bave** Speichel – 3 **un poignet** Handgelenk – 15 **un palier** Treppenabsatz, Stock – 17 **désassorti à qc** qui n'a pas le même style que qc – 19 **un cendrier** Aschenbecher – 23 **un rideau** Vorhang – 25 **la paume (de la main)** Handteller – 26 **tiède** un peu chaud – 27 **bouchonné** *ici* : zerknittert

chambre. Papier peint à motifs de dessins animés, mobile qui descend du plafond, jouets. Et au centre de la pièce, le vide laissé par le lit qu'on a récemment déménagé dans la chambre voisine. Le capitaine rejoue la scène. Quand les gendarmes sont
5 venus, la première fois, effrayée, Mona a dû déplacer le lit de son petit frère pour l'installer à côté du sien. Visiblement, la mère n'est plus dans les parages. Depuis combien de temps ? En secouant la tête, il repasse rapidement dans les autres pièces et finit par remarquer une porte dans le fond de la cuisine. Elle
10 donne sur un garage plongé dans l'obscurité. Les néons clignotent, s'allument en grésillant. En dehors d'un palan au plafond et d'un immense congélateur posé à même le sol de béton brut maculé de taches d'huile, il est vide.

Chomeil fait demi-tour, pose l'index droit sur l'interrupteur
15 pour éteindre avant de sortir. Se fige. Se ravise. Retourne vers le congélateur. C'est un modèle anormalement grand pour une maison de cette taille. Un coffre inox de marque Polar, 587 litres de contenance. À vue d'œil, il doit faire dans les deux mètres de long, ou pas loin. Machinalement, il essaie d'actionner la
20 poignée d'ouverture. Fermée. Il regarde autour de lui, cherche le clou où la clé pourrait classiquement être accrochée. Le clou est bien là, sur le mur peint en blanc. Mais c'est tout. Il balaie la pièce d'un regard panoramique, à la recherche d'un outil, tombe sur une pelle de jardin rouillée qui devrait faire l'affaire.
25 Il insère la lame dans le joint en caoutchouc, fait levier au niveau de la serrure qui cède dans un craquement. Chomeil pose la pelle, s'approche, ouvre le congélateur.

---

1 **le papier peint** Tapete – 7 **dans les parages** *mpl* dans le coin, par ici (Gegend) –
10 **l'obscurité** *f* le noir (Dunkelheit) – 11 **clignoter** *ici :* flackern – 11 **grésiller** knistern –
11 **un palan** Winde – 14 **l'index** *m* Zeigefinger – 14 **un interrupteur** Schalter – 15 **se figer**
rester immobile, ne plus bouger – 15 **se raviser** changer d'avis *m* – 17 **un coffre** Truhe –
17 **(en) inox** aus Edelstahl – 21 **un clou** Nagel – 24 **une pelle** Schaufel – 24 **rouillé**
verrostet – 25 **une lame** *ici :* Plättchen – 25 **un joint en caoutchouc** Gummidichtung –
25 **faire levier** *ici :* den Schaufelstiel als Hebel nutzen

Mona

J'aurais jamais pensé qu'un mort, ça puisse peser aussi lourd.
Christelle était raide quand je suis arrivée à me décider à
retourner dans la chambre. Quand je l'ai enfin touchée, elle
5 était froide, si froide, déjà. J'ai caressé sa joue, je me suis mise
à pleurer, à lui parler. Je crois bien que je lui ai expliqué ce que
j'allais faire, je lui ai demandé pardon, et puis je l'ai enroulée
comme j'ai pu dans le drap et j'ai essayé de la soulever, mais
rien à faire. Elle était trop lourde et moi, j'étais pas assez forte.
10 J'évitais de regarder trop sa tête qui bringuebalait quand
j'essayais de la bouger. Je me suis dit que j'aurais juste pu tirer
sur le drap pour la faire glisser jusqu'au bord du lit, mais après,
j'avais peur que sa tête cogne par terre quand son corps
descendrait, alors j'ai mis des oreillers sur le parquet, j'ai aussi
15 été en chercher d'autres dans ma chambre et j'ai fait comme
une sorte de sol en coussins pour amortir la chute. Et ça a
marché.

Après, il a encore fallu faire glisser le drap, avec elle dedans,
jusqu'au garage. J'ai réussi à négocier les escaliers, les virages,
20 les portes. J'avais mis Justin à jouer dans son parc. Je l'entendais
rigoler tout seul, il avait l'air de se raconter des trucs, même
aujourd'hui, il parle pas encore beaucoup, il dit juste « Mona »
et « maman », et encore, des fois, c'est un mélange des deux,
et puis « à bware, manzer », ce genre de choses. Bon, je suis
25 arrivée jusqu'à ce putain de congélo, sérieux, j'étais en mode
course de fond, en sueur, et tout. J'ai enlevé mon sweat-shirt,
j'ai rattaché mes cheveux comme je pouvais et je me suis essuyé
le front avec ma manche. Après ça, j'ai regardé le palan, au
plafond, et je me suis dit que j'y arriverais jamais toute seule.
30 Heureusement, à ce moment-là, j'ai entendu le scooter de

---

3 **raide** starr – 10 **bringuebaler** hin- und herwanken – 13 **cogner** *ici :* stoßen – 14 **un
oreiller** Kopfkissen – 16 **amortir la chute** den Sturz abbremsen – 19 **négocier qc** *ici :*
bien faire qc, bien naviguer – 26 **la course de fond** Langstreckenlauf – 26 **en sueur** *f*
verschwitzt – 27 **essuyer** abtrocknen – 28 **une manche** Ärmel

Solène pétarader dehors. J'ai tout lâché et je me suis précipitée vers la porte. En vrai, j'étais quand même un peu embêtée de devoir lui expliquer, mais j'étais aussi super soulagée. J'ai entrouvert et j'ai chuchoté :

5 – Viens, dépêche-toi, je veux pas que la mère Destivelle nous voie, elle fait rien qu'à mater !

Elle m'a regardée, elle avait l'air intriguée, et elle a posé son casque sur la selle du scooter. Et puis elle s'est approchée sans se presser. Ce que j'aime bien, avec Solène, c'est qu'elle est 10 super zen, quoi qu'il arrive. J'ai refermé vite fait derrière elle. Elle se tenait aux pieds de Christelle enveloppée dans son drap. Elle a regardé et elle a juste dit :

– Ben dis donc, on se croirait dans un épisode de *Breaking Bad*. C'est qui ?

15 Je voyais pas de quoi elle voulait parler. Enfin, si, je suis pas conne à ce point-là, je veux dire, j'avais jamais vu la série. On n'a pas Netflix, comme j'ai déjà dit, et on n'est pas près de l'avoir.

À ma tête, elle a compris que c'était sérieux, et encore plus quand j'ai répondu :

20 – Ma mère.

Pour une fois, ça lui a coupé la chique. Je lui ai raconté ce qui s'était passé, comment je l'avais trouvée morte au matin et tout, et puis je lui ai dit ce que je voulais faire.

– Ça va jamais marcher, elle a fait en secouant sa crinière et 25 en haussant les épaules.

– Si tu dis rien, si personne sait, si, ça va marcher, j'ai insisté. Mais là, je vais juste pas y arriver toute seule, j'ai besoin que tu m'aides à la mettre là-dedans.

– Ben, à qui tu veux que j'aille raconter ça ? Sans déc', tu veux 30 vraiment la congeler jusqu'à tes dix-huit ans ?

À ma tête, elle a bien vu que j'étais sérieuse, que je plaisantais pas. Elle aussi, elle a maté le palan. Le truc, c'est qu'elle, au

---

1 **pétarader** knattern – 3 **soulagé** erleichtert – 6 **mater** *fam ici :* espionner – 7 **intrigué** *ici :* curieux – 8 **une selle** Sattel – 21 **ça lui a coupé la chique** *fam* ça l'a beaucoup surprise(e) – 24 **une crinière** Mähne, *ici :* les cheveux – 29 **sans déc'** *abrév de* sans déconner *fam* sans rire

moins, elle savait s'en servir. Sérieux, Solène, j'ai pas encore trouvé ce qu'elle sait pas faire. Elle a tombé le blouson et d'un bond elle a attrapé la chaîne. Elle a tiré dessus, elle l'a fait rouler sur le rail, l'a descendue jusqu'à Christelle.

5 – Reste pas plantée là, elle m'a fait. Bouge-toi ! Aide-moi, merde !

À deux, on a soulevé maman sur le côté et on a réussi à passer la chaîne par en dessous. Solène a regardé autour d'elle en réfléchissant. Elle a demandé :

10 – Va me chercher deux chaises.

J'ai foncé à la cuisine, j'ai rapporté les deux chaises qu'elle a mises face à face, entre Christelle et le congélo. Après ça, elle a tiré sur la chaîne du palan et le corps de maman a commencé à se soulever. Je voyais bien qu'elle avait du mal. Elle a répété :

15 – Putain, reste pas là comme une empotée, en mode piquet, bordel, aide-moi !

Je me suis bougée et à deux, on a réussi à lever Christelle et à la poser en équilibre sur les chaises, le temps de souffler un peu.

20 On s'est regardées, on était rouges et en sueur, l'une comme l'autre. Solène a posé ses poings sur ses hanches, elle a soufflé sur une mèche rousse qui lui tombait sur la figure et elle m'a regardée :

– Bon, on s'y remet ?

25 Fallait bien. Cette fois, on a eu moins de mal à la lever et on a réussi à l'amener juste au-dessus du congélateur et à la faire descendre. Le problème, c'est qu'elle est restée bloquée. En longueur, ça allait tout seul. Mais en largeur, je vous dis pas ! Il a fallu qu'on la hisse à nouveau et qu'on se débrouille pour la

30 remettre là-dedans de côté, vu que sinon, elle rentrait juste pas. Enfin, on a pu enlever la chaîne et j'ai fermé le couvercle sans

---

2 **tomber** *ici : fam* enlever – 15 **un empoté** Tollpatsch – 15 **un piquet** Pflock – 21 **un poing** Faust – 21 **une °hanche** Hüfte – 22 **une mèche** Strähne – 24 **s'y remettre** recommencer, continuer – 29 **°hisser qc/qn** soulever qc/qn – 31 **un couvercle** Deckel

regarder dedans. J'ai tourné la clé dans la serrure, et basta ! J'en pouvais plus, sérieux. Ma pote m'a posé la main sur l'épaule.

– T'as intérêt à payer l'électricité, ma vieille !

– Tu m'étonnes ! Et j'espère qu'on n'aura pas une grosse
5 coupure, genre tempête ou je sais pas quoi.

– Je serais toi, j'achèterais un groupe électrogène.

Je l'ai regardée en me demandant si elle était sérieuse. Visiblement, oui.

– Et avec quoi tu veux que je le paye, hein ?
10 – C'est ton problème.

– T'as raison, Solène, j'ai fait. Tu sais quoi ? Si ça tourne mal, si on te demande, t'as jamais été là.

– C'est bon, laisse tomber. Personne va rien dire, ni toi ni moi.

– Tu vas pas au bahut, aujourd'hui ?
15 Elle a simplement haussé les épaules.

– Et tes parents, ils disent rien ?

Elle a lancé un rire vers le plafond.

– Mes quoi ? Parents, t'as dit ? On est tellement nombreux à la maison qu'ils s'aperçoivent même pas quand je suis pas là.
20 Je me suis rendu compte qu'il y avait des tonnes de questions que je ne lui avais jamais posées. Elle s'intéressait à moi, mais moi, engluée dans mes galères, je m'étais pas beaucoup intéressée à elle.

– Vous êtes tant que ça ? j'ai demandé.
25 – On est onze. Cinq filles, dont moi, et six garçons. Je suis celle du milieu. Moi aussi, j'ai un petit frère, mais c'est ma grande sœur qui s'en occupe.

– Et les garçons ? T'as un copain ?

Elle a encore rigolé, mais d'un rire amer, cette fois.
30 – J'avais. Me suis fait larguer.

– Quand je vois comment t'es belle, je comprends pas.

Elle s'est jetée sur le canapé.

---

2 **un(e) pote** *fam* un(e) ami(e) – 5 **une coupure** *ici :* Stromausfall – 6 **un groupe électrogène** Stromaggregat – 22 **englué** *ici :* festgefahren – 22 **une galère** *fam* une situation difficile – 29 **amer** bitter – 30 **se faire larguer** *fam* den Laufpass kriegen

– Bof. Belle, peut-être, mais pas très obéissante. Les mecs, ils les aiment soumises. Pas mon genre.

Je voulais bien la croire.

Solène est restée un moment avec moi. Elle a joué avec Justin.

5 Pendant ce temps-là, je pensais à tout ce que j'allais devoir faire pour qu'on continue à vivre normalement, sans que personne s'aperçoive de rien. Les courses, le courrier, les papiers, le docteur pour Justin... Heureusement qu'il allait pas encore à la maternelle et qu'il était pas inscrit à la crèche, vu qu'il y en

10 a pas ici.

... Hein ? Qu'est-ce que vous racontez ? Comment ça, c'est pas possible ? Je vous ai raconté que j'avais rencontré Solène après la mort de Christelle, c'est ça que vous dites ? Vous êtes sûr ?... Écoutez, j'ai dû me tromper, c'est pas possible,

15 parce qu'elle était avec moi quand on a mis maman dans le congélateur. Sans elle, j'y serais jamais arrivée. C'est quand même pas le genre de truc qu'on peut oublier. En vrai, l'histoire que je vous ai racontée, quand elle a tapé mon rétro à Nogent, ça a dû arriver avant, c'est forcé. Vous savez, quand Christelle

20 était pas bien, plus d'une fois j'ai pris la Twingo pour aller faire les courses. Je vous jure, j'ai pu me tromper, c'est obligé que je me sois trompée... Où j'en étais, déjà ?

Ah oui ! Le plus compliqué, c'était la bouffe. Parce que quand Christelle était encore là, sitôt qu'on était en fonds, on filait au

25 Lidl et on faisait le plein de surgelés, des lasagnes, des raviolis, des pizzas, des plats cuisinés. Mais après, même pas en rêve : il y avait plus la place et j'allais certainement pas mettre des Findus avec ma mère. Sacré comme un tombeau, il était devenu, le congélateur. Pas moyen d'y stocker de la bouffe, du

30 coup. On avait plus que le frigo, et puis des conserves. Mais c'est pas très bon pour Justin. Il lui faut des petits pots, du frais.

---

2 **soumis** fügsam – 9 **la maternelle** l'école pour les enfants de 3 à 6 ans – 9 **une crèche** Krippe – 23 **la bouffe** *fam* la nourriture (Essen) – 24 **être en fonds** *mpl* avoir de l'argent – 25 **des surgelés** *mpl* Tiefkühlkost – 28 **Findus** une marque de produits surgelés – 28 **sacré** heilig – 31 **un petit pot** Gläschen Babynahrung

Et des couches. En dehors de l'épicerie solidaire itinérante, du coup, il fallait que je sorte plus souvent, tous les deux ou trois jours au moins. J'en ai fait, des allers et retours entre Saint-Guillaume et Nogent, sans qu'il arrive jamais rien ! Jusqu'à la
5 fois du stop, je veux dire. Bon, le courrier, au moins, c'était simple. Et puis y en a quand même de moins en moins, du courrier. Je faisais les mises à jour de la Caf, je payais le loyer, enfin, le peu qu'on devait encore payer après que les aides étaient arrivées chez le proprio par virement. Tout le reste, l'eau,
10 l'électricité, la box, c'était prélevé aussi. Je me suis dit qu'on pouvait disparaître, qu'il s'écoulerait des mois, et peut-être bien des années avant que quelqu'un s'en aperçoive. Je passais des heures à regarder sur Internet, à chercher des solutions. À essayer de calculer la façon dont j'allais pouvoir m'y prendre
15 pour avoir Justin avec moi et l'élever, quand j'aurais dix-huit ans.

J'aurais pu m'enfuir avec lui. En vrai, j'ai pesé le pour et le contre un bon moment. Mais pour aller où ? Et puis je voulais pas laisser Christelle, non plus. Alors, on est restés. J'ai aussi
20 pensé que si elle était morte sans moi, il aurait aussi bien pu se passer un bon paquet de temps avant que quelqu'un s'en aperçoive. Fallait quand même faire attention qu'il y ait toujours assez d'argent sur le compte pour les prélèvements. Je me souviens d'une fois où les allocs sont tombées en retard. La
25 banque a appelé, putain, l'angoisse !... J'ai décroché et une voix de femme qui avait l'air de sortir du même congélateur que celui où j'avais mis Christelle a fait :

– Bonjour, ici c'est Fabienne Roussel, de l'agence CIC de Valbert. Pourrais-je parler à madame Chevalier, s'il vous plaît ?
30 Je peux pas vous dire pourquoi j'ai eu le bon réflexe, c'était une intuition. Au lieu de dire qu'elle était pas là, qu'elle était

---

1 **une couche** Windel – 1 **itinérant** mobil – 9 **un virement** Überweisung – 10 **une box** *ici* : Router – 10 **prélever** abziehen – 11 **s'écouler** *ici* : passer (vergehen) – 24 **une alloc(ation)** une aide financière – 25 **l'angoisse** *f* une grande peur *ici* : j'ai peur – 25 **décrocher (le téléphone)** abnehmen

en formation, comme je répondais toujours, j'ai pris le ton le plus sérieux que je pouvais et j'ai fait :

– Oui, c'est moi.

– Votre compte bancaire est débiteur de cent vingt-neuf euros
5 et cinquante-huit centimes, madame. Vous avez dépassé votre découvert autorisé, qui est de cent euros, c'est pourquoi je me suis permis de vous appeler. Si vous ne faites rien, vos prochaines opérations ne pourront être traitées.

Pourtant, je faisais super gaffe. J'ai réfléchi à toute vitesse.
10 Comment ça se faisait, sérieux ? En même temps, j'étais pas allée sur le compte depuis trois ou quatre jours et on était au début du mois.

– C'est pas possible, j'ai dit. Je peux vous rappeler ?

J'avais dû être un peu trop sèche, pour faire genre « adulte »,
15 parce que quand elle m'a répondu, sa voix s'était beaucoup radoucie. Du coup, j'ai aussitôt regretté.

– Vous êtes dans une situation difficile, madame Chevalier. Nous le savons. Il ne faut pas vous renfermer comme ça. Nous ne sommes pas des ogres. Il faut juste passer nous voir à
20 l'agence, pour qu'on essaye de trouver une solution avec vous. En plus, votre découvert va générer des frais bancaires, vous n'avez certainement pas besoin de ça.

– Je peux pas venir, mon petit est malade, c'est pas possible de le laisser, j'ai répondu sans pouvoir empêcher ma voix de
25 trembler.

– Vous n'avez personne pour le garder ? elle a insisté.

Je lui en voulais d'être aussi gentille. Je pouvais tout simplement pas passer, parce que j'étais pas Christelle, point barre.

30 – Je vous rappelle, j'ai insisté.

– Ne faites surtout pas de chèque, en tout cas. Il serait refusé, et à terme, vous risqueriez l'interdiction bancaire.

---

6 **un découvert** Überziehung – 9 **faire gaffe** *fam* faire attention – 14 **sec, sèche** *ici* : schroff – 19 **un ogre** un monstre – 21 **des frais** *mpl* Kosten – 28 **point barre** *expr fam* Ende der Geschichte – 32 **à terme** tôt ou tard

Il allait falloir que je tire ça au clair et que je trouve une solution, et vite.

Les comptes étaient plutôt mieux tenus que quand c'était Christelle. Franchement, c'était pas dur, vu comment elle était
5   bordélique. Et puis, j'avais pas droit à l'erreur, non plus. Je me suis connectée au serveur et j'ai vu que l'argent de la Caf était pas arrivé. Ils étaient en retard, et c'était pas normal. J'ai appelé, et bien sûr, je suis tombée sur un répondeur qui a répété pendant vingt putains d'interminables minutes que « tous nos
10 services téléphoniques sont occupés » et gnagnagna, et que la conversation pouvait être enregistrée, et quand j'ai enfin eu quelqu'un, je me suis à nouveau fait passer pour ma mère, j'ai pas eu de mal à les gruger pour l'identification, j'avais tous les codes, mais il a fallu un temps pas possible pour démêler tout
15 ça, ils trouvaient plus le dossier, ces abrutis, elle m'a demandé de pas quitter et quand elle est revenue, ça a été pour me dire que la Caf avait décidé de suspendre ses versements parce que j'avais des revenus réguliers. Je suis montée au plafond, je vous jure. Je voyais tout s'effondrer autour de moi. Comment j'allais
20 faire sans un rond ? C'était foutu, ils allaient s'apercevoir de tout, ils allaient venir et me prendre Justin. J'ai senti les larmes monter et j'ai eu un mal fou à les retenir.

J'ai pensé à Solène, à comment elle était solide, bien plus que moi, et à comment elle aurait réagi si ça avait été elle, et j'ai
25 réussi à pas m'écrouler comme la nigaude que je suis. J'ai respiré un grand coup pour pas me mettre à hurler non plus. J'étais tout de même censée être Christelle Chevalier, presque quarante ans. Pas une ado de dix-sept ans. Merde ! De la voix la plus assurée que je pouvais me fabriquer, j'ai dit :

---

5 **être bordélique** *fam* être mal organisé – 13 **gruger qn** *fam* tromper qn (betrügen) – 14 **démêler** clarifier – 15 **un(e) abruti(e)** une personne stupide – 17 **suspendre** *ici :* arrêter – 17 **un versement** (Ein)Zahlung – 18 **un revenu** Einkommen – 18 **monter au plafond** *expr* s'énerver – 19 **s'effondrer** einstürzen – 20 **sans un rond** *fam* sans argent – 20 **c'est foutu** *fam* es ist aus – 25 **s'écrouler** zusammenbrechen – 25 **un(e) nigaud(e)** une personne bête – 26 °**hurler** crier – 27 **j'étais censé(e) être...** il fallait qu'on croie que je suis...

– Il s'agit sûrement d'une erreur, madame. Je n'ai pas de revenus en dehors des aides. Pouvez-vous vérifier, s'il vous plaît ?

J'ai senti l'agacement de la nana à l'autre bout de la ligne. Je
5 me suis dit qu'elle devait passer ses journées à ça, la pauvre. J'ai essayé de pas être en colère contre elle. J'aurais pas aimé être à sa place. Mentalement, je lui envoyais toutes les bonnes ondes que je pouvais. Il y a eu un silence, à travers lequel je pouvais même entendre ses doigts courir sur le clavier de
10 l'ordinateur. Elle a murmuré comme pour elle-même :

– Mais c'est quoi, ce bordel ?

Après, j'ai aussi entendu qu'elle appelait une collègue :

– Amélie ? Viens voir ?

J'attendais patiemment. Je retenais ma respiration. Si je
15 parlais, j'avais peur de rompre le charme, peur qu'elle laisse tomber son écran, son clavier, et qu'elle raccroche.

Au bout d'un moment, elle a repris le combiné, sa voix était à nouveau toute proche.

– Madame Chevalier ? Ça y est, on a trouvé. Il y a eu une
20 confusion. C'est l'ordinateur…

Je sais pas ce qu'ils ont, ces putains d'ordinateurs. C'était pareil quand Christelle était encore là. Que ce soit la Caf, Pôle emploi, la banque, l'assistance sociale, les impôts ou autre chose, quand ça merde, c'est toujours la faute à l'ordinateur. Y
25 doit jamais y avoir personne derrière, faut croire. Y doivent se programmer tout seuls, entre eux, planqués quelque part. La fille a continué ses explications :

– En fait, on a plusieurs dossiers au nom de Chevalier dans le département, et il y a deux Christelle.

30 – Dans la même commune ? j'ai demandé.

– Je comprends pas, elle a fait. C'est le même nom, le même numéro de sécu… Mais c'est pas la même commune.

---

4 **l'agacement** *m* l'énervement *m* – 4 **une nana** *fam* une femme – 8 **une onde** Welle – 11 **le bordel** *fam* le chaos – 15 **rompre** casser – 16 **raccrocher** den Hörer auflegen – 17 **un combiné** Hörer – 23 **les impôts** *mpl* Steuer(behörde) – 26 **planqué** *fam* caché

J'ai enfin percuté !

– C'est parce qu'avant, on était à Ticheville, j'ai expliqué.

– Non, ce n'est pas à Ticheville.

Elle a encore réfléchi un moment, avant de prendre sa
décision :

– Écoutez, quoi qu'il en soit, c'est une erreur, c'est sûr. Vous
êtes à Saint-Guillaume, vous vous appelez Christelle Chevalier
et vous êtes seule, sans emploi, avec deux enfants mineurs à
charge, c'est ça ?

– Ben, oui, c'est ça.

– Bon, l'autre Christelle Chevalier est à l'autre bout du
département, elle a trouvé un travail et ce n'est manifestement
pas vous. Il y a eu une confusion de dossiers et les deux se
retrouvent avec le même numéro de sécurité sociale. Il faut
juste qu'on revoie la question, mais en attendant, vous n'allez
pas rester sans ressources. Il faut qu'on débloque votre dossier
d'urgence. Vous pouvez nous faire un courrier ?

– Bien sûr.

– Vous le postez, mais vous me l'envoyez aussi par mail, ça
ira plus vite.

– Ça va mettre combien de temps ? j'ai demandé. C'est pour
la banque.

– Il va falloir quelques jours, une semaine, peut-être. Mais je
peux vous envoyer une attestation par mail, si vous voulez.

Un peu, que je voulais.

Je l'ai remerciée, j'ai raccroché et j'ai immédiatement rappelé
la banque. Je la connaissais pas, la meuf de la banque, mais
elle avait quand même l'air soulagée pour moi. Ça m'a fait drôle.

– Parfait ! Surtout, n'oubliez pas de nous transmettre
l'attestation dans les vingt-quatre heures. Nous vous accordons
une semaine de découvert.

1 **percuter** *fam* comprendre – 6 **quoi qu'il en soit** wie dem auch sei – 16 **des ressources**
fpl ici : des moyens financiers, de l'argent – 24 **une attestation** Bescheinigung –
25 **un peu** *ici : fam* bien sûr – 27 **une meuf** *fam* une femme – 28 **soulagé** erleichtert –
28 **ça m'a fait drôle** *expr* j'ai trouvé ça bizarre

Avant de raccrocher, elle a hésité un peu, et puis elle a dit d'une voix timide :

– Bon courage, madame.

J'ai pas les mots pour dire ce que ça m'a fait. J'ai respiré, en priant quand même pour que la bonne femme de la Caf fasse son boulot. Et après, j'ai tout de suite appuyé sur la touche « Solène » de mon portable pour lui raconter toute l'histoire, comme quoi il y avait deux Christelle Chevalier dans l'Orne et tout...

Solène s'est pas démontée. Elle a répondu :

– Comme si y en avait pas assez d'une !

Elle est quand même cool, Solène, parce qu'une demi-heure après, elle était là avec une grande bouteille de Coca et un pot de Nutella qu'on a partagés. Le sucre m'a fait vraiment du bien, et sa présence aussi. On a bitché comme deux garces sur la banquière sympa. Ma parole, ses oreilles ont dû tinter grave.

Solène est restée un bon moment et quand elle est partie, j'ai joué à quatre pattes avec mon petit bonhomme. Il essayait de mettre des cubes les uns sur les autres et dès qu'il y arrivait, il donnait un grand coup dedans, tout se cassait la figure et il était mort de rire. J'ai essuyé la bave qui lui coulait sur le menton et je l'ai pris dans mes bras. J'adore son odeur. Et puis il a la peau toute douce. Je sentais son petit nez dans mon cou. J'ai joué à le faire voler, je le tenais à bout de bras en tournant dans la pièce. Après ça, je lui ai donné son bain. Il y avait plein de jouets qui flottaient à la surface. Lui, il s'en fichait, il avait trouvé un autre jeu. Il frappait l'eau du plat de la main, ça éclaboussait partout et ça m'était bien égal d'être trempée. Je l'ai enveloppé dans une grande serviette en lui chantant une chanson, je l'ai séché et je lui ai mis sa grenouillère. Après ça, je lui ai donné

---

10 **se démonter** se troubler – 15 **bitcher** *engl fam* dire des choses méchantes – 15 **une garce** *fam* Luder – 16 **qn a les oreilles qui tintent / sifflent** *expr* Quand on dit des choses méchantes sur une personne qui est absente, on pense que cette personne va le savoir parce qu'elle va entendre un *sifflement* (Pfeifen) dans ses oreilles. – 23 **la peau** Haut – 27 **éclabousser** spritzen – 28 **trempé** durchnässt – 30 **une grenouillère** Strampelhose

un petit pot, et je l'ai couché. J'ai pris un livre et j'ai commencé à lire une histoire de *Bébé koala*, mais il me l'a pris des mains et il a commencé à le mordiller. Je l'ai laissé faire. Il le tripotait, il le lançait, le reprenait, et moi je le regardais. Au bout d'un
5 moment, il s'est calmé. J'ai repris le livre, heureusement, il était solide, et je l'ai ouvert. Je lui montrais des images, je lui disais les mots, les noms des personnages. Je les répétais. Et puis c'est un bouquin qui fait des bruits, ça l'amuse beaucoup, aussi. À la fin, je me suis cachée derrière. Je remontais tout doucement
10 la tête, et puis je réapparaissais d'un coup en faisant « Coucou ! ». Comme un diable qui sort de sa boîte, et lui, il riait, il riait... Au bout d'un moment, ses petits yeux ont commencé à se fermer. J'ai remonté un peu la couverture en polaire sur lui. Je l'ai regardé respirer doucement. Je faisais ce que j'aurais voulu
15 que Christelle fasse pour lui. Je me suis consolée en me disant qu'elle l'avait peut-être fait pour moi, au moins. Peut-être elle, ou papa. Mais j'avais aucun moyen de le savoir et il y avait plus personne pour répondre à mes questions.

Je crois que le pire, ça a été la panne d'électricité. Il y a
20 quelques années que j'arrive plus à appeler l'hiver « l'hiver ». Déjà, il ne fait plus tellement froid, par rapport à quand j'étais petite. Je me souviens encore du gros bonhomme de neige qu'on avait fait dans le jardin, à Ticheville. Je devais avoir quoi ? Six ans, à tout casser... Maintenant, j'appelle ça « la saison des
25 tempêtes » parce qu'entre le mois de novembre et le mois de janvier, il y a toujours plein de tempêtes partout. Et du vent.

Cette nuit-là, je l'ai entendu souffler dans les arbres, renverser des poubelles. Je me suis levée pour vérifier que tout allait bien dans la chambre de Justin et je suis retournée me faufiler sous
30 la couette. J'aime bien le bruit du vent. Je me suis rendormie, mais à un moment, je me suis réveillée. Il faisait encore nuit.

---

3 **mordiller qc** an etw knabbern – 3 **tripoter qc** mit etw herumspielen – 8 **un bouquin** *fam* un livre – 11 **un diable** Teufel – 13 **en polaire** *f* aus Fleece – 15 **se consoler** sich trösten – 24 **à tout casser** *expr fam* höchstens – 27 **renverser** umstoßen – 29 **se faufiler** sich hereinschleichen – 30 **une couette** Federbett

Je crois que c'est le calme, le silence qui m'ont réveillée. Je me suis assise dans le lit. Tout était calme. Trop calme. J'ai pas compris tout de suite, parce que dans le village, ils éteignent la lumière dans la rue à vingt-trois heures. Donc, il faisait nuit
5 noire, mais c'était normal. Je ne peux pas vous dire pourquoi je me suis relevée. Mais quand j'ai voulu allumer ma lampe de chevet, il s'est juste rien passé. Je me suis dit que l'ampoule avait grillé et je suis allée jusqu'à l'interrupteur. Rien non plus. J'ai été regarder à la fenêtre. Il y avait de la lumière nulle part.
10 J'ai regardé mon téléphone, il était cinq heures et avec ça, j'avais plus beaucoup de batterie parce que j'avais oublié de le mettre à charger avant d'aller me coucher. Je suis descendue au garage pour vérifier le tableau électrique. Tout était normal. Je me suis dit qu'il y avait des chances pour que la panne soit générale,
15 mais je pouvais pas le savoir avant six heures, quand les lumières du village se rallumeraient.

Il me restait encore pas mal de temps avant mes dix-huit ans. Je voulais pas que ça arrive maintenant, putain. Jusque-là, j'avais soigneusement évité de m'approcher du congélateur.
20 Vous imaginez bien que j'étais pas allée le rouvrir depuis le jour où Solène et moi on avait mis Christelle dedans. Je rentrais dans le garage le moins possible, à vrai dire. J'appréhendais vraiment le moment où je devrais la sortir de là. J'espérais que ce jour-là, Solène serait avec moi pour m'aider. En attendant,
25 j'ai commencé à flipper grave. Combien de temps ça tient, un congélo, sans électricité ? Qu'est-ce que j'en savais, moi ? Trois heures ? Huit heures ? Un jour ? Deux jours ?

Évidemment, quand les lumières du village se sont pas rallumées, j'ai compris que c'était général. J'ai regardé l'écran
30 de mon smartphone. Au moins, il y avait du réseau et j'avais juste assez de batterie pour appeler Enedis. Le temps que je

---

7 **une ampoule** Glühbirne – 8 **griller** *ici :* durchbrennen – 8 **un interrupteur** Schalter –
13 **un tableau électrique** Stromkasten – 22 **appréhender** qc avoir peur de qc –
25 **flipper** *fam* avoir peur – 31 **Enedis** une compagnie d'électricité *f*

poireaute, ils ont fini par décrocher et me dire que oui, ils avaient envoyé une équipe sur le coup, mais que non, ils pouvaient pas me dire quand le courant allait revenir.

Quand j'ai raccroché, il me restait à peine de quoi envoyer
5 un SMS à ma pote :

« Panne de courant ! Galère ! Rapplique stp ! »

Et mon téléphone a rendu l'âme.

J'ai commencé à gamberger. J'avais jamais vraiment voulu y penser, jusque-là, à cette putain de décongélation, même si je
10 savais qu'il faudrait que je me coltine le truc tôt ou tard. Mais là, si on restait trop longtemps sans courant, il faudrait bien faire quelque chose, parce que je savais qu'on pouvait congeler un poulet, par exemple, mais je savais aussi qu'une fois décongelé, on pouvait pas le recongeler. C'était plié. L'angoisse.
15 Ce que je savais aussi, c'était que si je me faisais prendre, j'irais en prison. Je suis pas conne à ce point-là. Je sais bien que j'ai pas l'âge de m'occuper de mon petit frère, mais l'âge d'aller en tôle, ça oui, je l'ai.

J'ai entendu le scooter de Solène. J'avais aucune idée de
20 l'heure. À la maison, tout ce qui peut l'indiquer est électrique, j'en ai pris conscience à ce moment-là : le four, l'ordi, mon smartphone, la télé, tout... Je me suis promis d'acheter une montre.

J'ai senti le froid du dehors sur les joues de Solène quand je
25 l'ai embrassée.

– Je peux rien te faire chauffer, pas de chocolat, même pas un thé. La bouilloire, les plaques, c'est tout électrique.

En plus, il commençait à faire froid dans la maison. J'ai allumé le poêle à pétrole. J'en avais ras le bol des machines que

---

1 **poireauter** *fam* attendre – 6 **rappliquer** *fam ici* : venir, arriver – 7 **rendre l'âme** *f* mourir, *ici* : s'éteindre – 8 **gamberger** *fam* réfléchir – 10 **se coltiner qc** *fam* devoir faire qc qu'on n'a pas envie de faire – 13 **un poulet** Hähnchen – 14 **c'est plié** *fam ici* ironique die Sache ist geritzt – 18 **la tôle** *ici : fam* la prison – 23 **une montre** Armbanduhr – 27 **une bouilloire** Wasserkocher – 27 **une plaque** *ici* : Kochplatte – 29 **un poêle à pétrole** *m* Ölofen – 29 **en avoir ras le bol** *expr fam* en avoir assez

je pouvais pas faire marcher. On a papoté un peu avant d'en
venir à l'essentiel. Le jour se levait paresseusement. Justin allait
pas tarder à se réveiller, je me suis demandé ce que j'allais
pouvoir lui donner.

5   – Solène ? Qu'est-ce qu'on fait si le jus revient pas ?
Elle a pris une longue inspiration.

– Un congélo plein, ça tient entre vingt-quatre et quarante-
huit heures selon les marques et la température extérieure. Si
c'est pas réparé d'ici là, il faudra qu'on la sorte, Mona. Qu'on la
10   mette dans le lit et qu'on appelle les pompiers quand elle sera
complètement décongelée.

– Ils s'apercevront de rien, hein ?
Il y a eu un grand silence. Elle réfléchissait. Enfin, elle a
demandé :

15   – T'as une bâche, genre, tu sais, les trucs bleus ?
J'avais ça, dans le garage, justement. On s'en servait pour
protéger la petite table et les chaises qu'on sortait en été, quand
il pleuvait, pour pas avoir à les rentrer.

– Parce que quand tu décongèles de la viande, je sais pas si
20   tu sais, mais ça relâche pas mal de flotte. Si on la met dans les
draps comme ça, ça aura pas l'air naturel. Moi, je dis qu'on la
met à dégeler tranquillement sur la bâche par terre dans le
garage, en plus le drap dans lequel tu l'as enroulée va en
absorber pas mal, et après, on la porte jusque dans son lit.

25   Rien que d'y penser, j'ai eu un haut-le-cœur. Je voulais pas
la revoir morte. J'avais encore l'image dans la tête, elle revenait
souvent, trop souvent dans mes rêves. Dans mes cauchemars,
maman se redressait, elle cognait sur le couvercle, elle hurlait :

– Mona, putain, sors-moi de là !
30   Je me réveillais en sursaut, trempée de sueur.
L'idée d'enlever le drap, de revoir son visage...

---

1 **papoter** *fam* discuter – 3 **ne pas tarder à faire qc** bientôt faire qc – 5 **le jus** *fam*
l'électricité *f* – 15 **une bâche** Plane – 20 **la flotte** *fam* l'eau *f* – 24 **absorber** aufsaugen –
25 **avoir un °haut-le-cœur** se sentir mal

C'est juste à ce moment-là que la lumière est revenue. Ouf !
J'économisais sur tout, absolument tout. Mais je voulais que
pour son premier vrai Noël, Justin ait un sapin. Alors, j'ai pris
la voiture et je suis allée en chercher un dans la forêt avec
5   Solène. Elle s'occupait de mon petit frère et elle faisait le guet
pendant que je coupais l'arbre. Celui que j'avais choisi était trop
grand pour rentrer dans la Twingo, au final, et j'ai encore été
obligée de le raccourcir, mais bon, j'ai fini par y arriver. On est
rentrées à la maison et je suis allée farfouiller dans les cartons
10   qu'on n'avait jamais déballés. Je savais qu'il y avait des
décorations, des boules, des guirlandes que Christelle utilisait
quand j'étais petite. Il y avait des années qu'on ne les avait pas
ressorties. Solène m'a aidée à décorer le sapin. Il sentait bon la
forêt. Après ça, on s'est préparé un chocolat chaud qu'on a bu
15   en regardant *Quotidien* sur TMC. On adore Yann Barthès et son
émission. J'avais pas vraiment de cadeau pour Justin, et ça, ça
m'embêtait bien. Le truc, c'est que tous les ans à la même
époque, à Valbert, il y a une fête foraine qui s'installe, avec des
manèges.
20   – Si on y allait, demain ? a proposé Solène.
         – Demain, on est le 24 décembre, il va y avoir un monde de
dingue.
         – Ben justement, elle a répondu, ça te ferait du bien d'en voir
un peu, du monde.
25   Et donc, le lendemain, on a fourré Justin dans la Twingo et
on est parties à Valbert.
         J'avais raison. On pouvait à peine marcher sur le trottoir
tellement il y avait foule, parce qu'en plus il y avait le marché
de Noël. Noël, c'est bien quand on a des sous, mais, sérieux,
30   sinon, à force de regarder tout ce qu'on a envie d'acheter sans
pouvoir le faire, ça fout le seum.

---

2 **économiser** mettre de l'argent de côté (sparen) – 5 **faire le guet** regarder si qn arrive
(aufpassen) – 9 **farfouiller dans qc** chercher dans qc (in etw herumstöbern) –
10 **déballer un carton** ouvrir un carton et sortir ce qu'il y a dedans – 15 **TMC** une chaîne
de télé – 18 **une fête foraine** Jahrmarkt – 19 **un manège** Karussell – 25 **fourrer** *fam*
mettre – 31 **foutre le seum** *fam* énerver, rendre furieux

Au bout d'une heure, j'avais grave les boules.

C'est là que Solène a eu l'idée qui sauve. Il y avait un stand de tir aux pigeons. Elle m'y a traînée. Moi, j'étais pas d'accord.

– Qu'est-ce que je vais dépenser des ronds là-dedans,
5 Solène ? Un, je sais pas tirer. Deux, ça m'intéresse pas.

– Vas-y, c'est pas pour toi qu'on y va. C'est pour moi. J'ai envie, et c'est moi qui paye.

Il y avait des carabines à plomb et il fallait crever des ballons avec les munitions. J'avais jamais vu Solène s'amuser autant.
10 Elle faisait mouche à tous les coups. Elle a fini par gagner un énorme ours en peluche qui tenait à peine dans ses bras quand le forain le lui a donné dans un grand sac. Elle me l'a tendu.

– Voilà, tu l'as, ton cadeau de Noël pour ton petit bonhomme ! qu'elle a fait.

15 J'ai posé l'ours à mes pieds, j'ai pris Solène dans mes bras et je l'ai serrée très fort. Justin était blotti entre nous, bien au chaud, bien en sécurité.

– Sérieux, Solène, j'ai murmuré, qu'est-ce que j'aimerais que tu sois avec nous, ce soir ! Mais je sais bien que c'est pas
20 possible. Tu vas passer Noël en famille, comme tout le monde.

Elle s'est écartée de moi, et elle m'a regardée de travers, comme si je me foutais de sa gueule.

– Tu rigoles ! Vu tout ce qu'on est à la maison, je vais pas leur manquer. Un peu que je reste avec vous. Je vais les appeler pour
25 leur dire, c'est pas grave, chez nous, le grand repas de famille, c'est le 25 à midi.

Et c'est comme ça qu'on a passé Noël ensemble. J'ai fait des crêpes, on a écouté Bigflo et Oli sur le smartphone de Solène et puis on a regardé un show de Gad Elmaleh à la télé, on a
30 bien rigolé… Et on a fini par s'endormir toutes les deux sur le canapé. On s'est réveillées toutes chiffonnées, j'ai posé le

---

1 **avoir les boules** *fpl expr ici :* être déprimé – 3 **le tir aux pigeons** Taubenschiessen – 8 **à plomb** *m* Bleikugeln – 10 **faire mouche** ins Schwarze treffen – 22 **se foutre de la gueule de qn** *fam* se moquer de qn – 29 **Gad Elmaleh** un humoriste – 31 **chiffonné** zerknittert

nounours au pied du sapin, je nous ai préparé deux chocolats chauds et je suis allée chercher Justin.

Ma parole, il a beau être tout petit, il a pas mis longtemps avant de comprendre que la peluche était pour lui !

Soudain, Solène a regardé l'heure. Elle a sursauté :

– Putain, il est super tard ! Ils vont me tuer, à la maison. Faut que j'y aille !

Elle a enfilé son blouson vite fait, elle est montée sur son scooter et elle a filé. Je suis restée toute seule à regarder Justin en train de faire un gros câlin à son ours devant le sapin, et je me suis dit que c'était vraiment un très beau Noël. Je ne pouvais pas imaginer que ce serait le dernier qu'on passerait ensemble. Qu'il nous restait si peu de temps. Dans quelques jours, Christelle aurait eu quarante ans.

Julien Chomeil, adjudant, officier de police judiciaire à la gendarmerie de Valbert

Saint-Guillaume, 30 mars, 7 heures du matin.

Julien Chomeil referme précautionneusement le couvercle du congélateur. Il sort de la maison et rejoint ses collègues. Mona est affalée sur le siège arrière. Ses épaules se soulèvent au rythme de ses pleurs. Elle cherche son souffle, peine à parler, à dire autre chose que « Non, je veux pas ! Je veux pas », la seule phrase qu'elle répète encore et encore tandis que Lemay lui passe doucement la main dans le dos pour essayer de la calmer. Chomeil referme la portière et regagne son véhicule.

Il s'assied derrière le volant et se masse les tempes du pouce et du majeur.

---

10 **faire un câlin à qn** mit jdm schmusen – 20 **affalé** zusammengesunken –
26 **une tempe** Schläfe – 27 **le majeur** Mittelfinger

Il va falloir démêler tout ça. Tenter d'y voir clair. Et c'est tout sauf facile.

Il inspire un grand coup, coupe le gyrophare et tourne la clé de contact. Le Partner de la gendarmerie émet un son rauque,
5 mais rien ne se passe. Putain ! Chomeil peste contre le manque de moyens chronique qui les oblige, ses collègues et lui, à conduire des engins au bout du rouleau qui ne cessent de tomber en panne. Il envoie une prière au ciel pour qu'enfin, la voiture daigne démarrer. Apparemment, là-haut, il a été
10 entendu. La Peugeot s'ébroue dans un nuage noir de particules fines et d'oxyde de carbone, et Chomeil effectue un demi-tour dans la cour de la maison. Il appuie sur l'accélérateur et rattrape sans peine l'autre véhicule à la sortie de Saint-Guillaume. Le convoi prend la route de Valbert. Tout en conduisant, Chomeil
15 ne peut s'empêcher de penser à la solitude endurée par la jeune fille et son petit frère. Comment a-t-elle tenu le coup ? Comment personne ne s'est-il aperçu de rien ? Il n'arrive pas à comprendre. Il en a pourtant vu, malgré ses trente ans. Avant sa mutation dans l'Orne, il a servi à Kaboul, en Afghanistan.
20 Mais ça, franchement... non, jamais.

Il va falloir la calmer, d'abord. La faire débriefer, ensuite. Essayer de comprendre. Remplir les rapports, les procès-verbaux. Auditionner les témoins. Paperasse, paperasse... Rien que d'y penser, il en a la nausée.

1 **démêler** *ici :* clarifier – 3 **un gyrophare** Blaulicht – 4 **rauque** rau – 5 **pester** schimpfen – 7 **un engin** *ici :* une voiture – 9 **démarrer** *ici :* anspringen – 10 **s'ébrouer** sich schütteln *(ici : fig)* – 11 **l'oxyde** *m* **de carbone** *m* Kohlenmonoxid – 12 **l'accélérateur** *m* Gaspedal – 15 **endurer** supporter – 16 **tenir le coup** durchhalten – 23 **auditionner un témoin** einen Zeugen anhören – 23 **la paperasse** *fam péj* les papiers administratifs inutiles – 24 **avoir la nausée** übel sein

6. LES TÉMOINS

Témoignage de Juliette Barthélémy, boulangère à Nogent-le-Rotrou

« Je vais vous dire, des clients, on n'en manque pas vu qu'y a pas mal de villages autour de Nogent où y a plus de boulangeries, monsieur le juge. Alors, bien sûr, on les connaît pas tous, ça va, ça vient. M'enfin, quand même, y en a, on les reconnaît, parce qu'on les voit tous les jours. La petite, au début, elle venait avec sa mère, et puis des fois, la mère, eh ben, elle venait toute seule, aussi. Pis c'est arrivé que la gosse aussi, elle vienne toute seule. Il en vient, du monde, de Saint-Guillaume ! Alors quand y a plus eu que la gamine à venir, avec son petit frère, j'ai pas posé de questions. Surtout que ça nous regarde pas, ce que font les clients. Je me doutais bien qu'elle venait pas à pied. Mais qu'est-ce que je pouvais savoir de ces histoires d'âge et de permis, moi ? C'est pas écrit sur son front et puis on demande pas la carte d'identité des clients avant de leur vendre une baguette ! Je fais pas bureau de tabac, moi ! »

Témoignage de Dominique Leblond, buraliste, gérante du bar-tabac « Au bon coin »

« Qu'est-ce que vous voulez que je vous dise ? Madame Chevalier, c'était une bonne cliente, pour sûr, mais c'était pas une bonne payeuse, si vous voyez ce que je veux dire. Elle m'a

---

15 **le front** Stirn – 18 **un(e) buraliste** Tabakwarenhändler(in) – 19 **un(e) gérant(e)** *ici :* Pächter(in)

laissé une belle ardoise ! J'ai trop bon cœur, monsieur le juge. C'est mon défaut. Au début, quand elles sont arrivées à Saint-Guillaume, elle venait avec sa fille, elle achetait des cigarettes, et aussi des cartes à gratter. Des jeux, vous savez. Mais les
5 cigarettes, ça a pas duré longtemps. Elle est vite passée au tabac à rouler. Elle en achetait des gros pots. Et pis les cartes à gratter. Elle se ruinait avec ça ! J'en vois beaucoup, des comme elle, avec la misère qu'y a dans nos campagnes. Les gens se tuent avec le tabac, et pis ils dépensent le peu d'argent qui leur reste
10 dans les jeux parce qu'ils espèrent devenir riches. Enfin, riches, c'est pas le mot, oh, y gagnent pas souvent, et pas grand-chose, moi je vous le dis. Je suis bien placée pour le savoir, c'est moi qui les vends, les cartes. Cent euros par-ci, cent euros par-là, et puis c'est tout. J'ai pas vu trois gros lots dans toute ma carrière.
15 Peut-être même pas deux, je sais plus, y a tellement longtemps. C'est rien, ce qu'y gagnent parfois, à côté de ce qu'y dépensent. Et y en a qui sont complètement accros. À croire que c'est en proportion de leur dèche. Enfin, moi, ce que j'en dis, hein... Vous vous rappelez, celle qui tenait le bureau de tabac avant
20 moi, comment elle est morte, n'est-ce pas ? Vous l'avez pas oublié, vous non plus, le salaud qui l'a ligotée sur son lit, et puis qui l'a étranglée, juste une semaine avant qu'elle parte à la retraite ! Elle s'est défendue, la pauvre. Quand je pense que tout ça, c'était pour lui voler des cartes à gratter. Forcément, y en
25 avait des gagnantes, dans le tas. Et dire que cet abruti a été assez con pour aller toucher l'argent et se faire serrer ! Oui ? Ah, pardon, oui, madame Chevalier... Ben assez vite, elle a plus pu payer le tabac. J'y ai dit qu'elle devrait arrêter, vu ce qu'elle toussait, et puis j'avais bien vu qu'elle était tombée enceinte,
30 aussi. C'était pas bon pour le bébé, j'y ai dit. Elle m'a répondu qu'elle y arrivait pas. Elle voulait que je lui fasse crédit. Elle m'a

---

1 **avoir une ardoise** *ici* : avoir des dettes (Schuldenlast) – 8 **la misère** le malheur, la pauvreté – 17 **accro à qc** dépendant de qc (p. ex. d'une drogue) – 18 **la dèche** *fam* la misère, la pauvreté – 21 **un salaud** Dreckskerl – 21 **ligoter** fesseln – 22 **étrangler** erwürgen – 24 **forcément** zwangsläufig – 26 **serrer** *ici* : attraper, arrêter – 29 **tousser** husten

suppliée. Qu'est-ce que vous vouliez que je fasse ? J'ai cédé pour le tabac à rouler, mais pas pour les jeux, j'ai pas le droit. Au bout d'un moment, j'ai quand même instauré des règles. Je voulais bien faire une ardoise pour les cigarettes, mais à une condition. Quand elle revenait acheter un autre pot, fallait qu'elle me règle le précédent. Je me souviens qu'une fois, elle pouvait pas. Elle avait juste de quoi acheter une carte à gratter. Elle s'est dit que si elle gagnait, elle pourrait se payer le plus gros pot. Vous auriez vu son regard quand elle a perdu. Je voyais bien qu'elle essayait de retenir ses larmes. Mais même cette fois-là, j'ai tenu bon. J'ai juste accepté de lui donner une cigarette de mon paquet. Quoi ? Oui, je fume, aussi. Ce serait pas moral, sinon, hein ? Quoi ? Non, je rigole. M'enfin, c'est vrai, c'est pas drôle. Bref, on a continué le même manège jusqu'à la naissance du bébé. Après, c'était souvent la petite qui venait. Je voyais bien qu'elle était pas d'accord que sa mère lui demande d'acheter du tabac. "Elle est malade", qu'elle m'a dit, une fois. Elle a ajouté qu'elle aurait pas dû lui acheter sa drogue, mais qu'elle pouvait pas faire autrement. Par contre, acheter des cartes à gratter, elle faisait semblant, pour économiser. "Je lui raconte seulement que j'ai gratté et que j'ai perdu, à ma mère. On n'a vraiment pas beaucoup d'argent à la maison, je veux pas dépenser pour ça, vous comprenez ? Vous lui direz pas, hein ?" Je jurais que non. Et j'ai tenu parole. Quand même, je pouvais comprendre ça, et puis je l'aimais bien, la petite. Elle était serviable, gentille, et tout. Et puis responsable, avec ça. Vous auriez vu comment elle s'occupait de son petit frère et de sa mère ! Sa mère, justement, à un moment, elle est plus venue du tout. C'était toujours Mona que je voyais. J'ai même pas fait attention que je l'avais pas vue depuis si longtemps. Vous savez, on peut pas faire attention à tout. »

---

1 **céder** *ici :* être d'accord – 5 **un pot** Dose, Topf – 14 **un manège** *ici : fig* un procédé (Spielchen, Verfahren) – 24 **tenir parole** *f expr* sein Ehrenwort halten – 26 **serviable** qui aide volontiers

Témoignage de David Duquesne, maire de Saint-Guillaume

« Honnêtement, on n'a pas réalisé. Des cas sociaux, on en a
eu, on en a de plus en plus et on en aura encore plus demain.
5 Mais quand même, tout le monde connaît tout le monde, ici.
Normalement, on fait attention à ce type de choses. Mais c'est
pas toujours facile. Parfois, des familles arrivent et ne s'intègrent
pas. Peut-être qu'elles ont honte de leur condition, aussi. Alors,
elles se referment, ne sortent plus de leur coquille. Le
10 propriétaire de madame Chevalier, il n'a pas de chance, avec
son logement. Avant elle, il y a eu un couple de petits jeunes.
Vingt ans, pas plus. Tout allait bien au début. Lui, il chassait
beaucoup, il ramenait du gibier, il bricolait dans le garage,
pardon... Oui, c'est lui qui a laissé tout ça, le palan, le
15 congélateur... Où est-ce que j'en étais, moi ? C'est ça, les petits
jeunes. Donc, ça se passait bien, il travaillait au garage agricole
de Valbert, sa femme attendait un bébé. Et puis je ne sais pas
ce qui s'est passé, je crois qu'il s'est battu avec son patron, il a
été licencié. Un matin, il a retrouvé les quatre pneus de sa vieille
20 Golf crevés. Il a accusé le monde entier, à commencer par son
ancien patron. Leur bébé est né pas longtemps après. Quand
ils sont rentrés de la maternité, ils ont commencé à s'enfermer,
à ne plus ouvrir leurs volets de la journée. Monique Destivelle
essayait bien de leur dire qu'il fallait sortir le bébé, qu'il fallait
25 lui parler, mais ils n'ont jamais rien voulu entendre. Ils se sont
mis à passer toutes leurs journées sur Internet ou devant la télé,
dans le noir. Je ne sais pas si la mère a dit trois phrases à son
bébé en six mois qu'ils sont restés là après sa naissance. J'en
étais à me demander si je n'allais pas faire un signalement, et

---

9 **sortir de sa coquille** *expr* aus sich herausgehen – 12 **chasser** jagen – 13 **le gibier**
Wild – 13 **bricoler** basteln – 18 **un(e) patron(ne)** un chef, une cheffe – 19 **licencier qn**
jdn entlassen – 19 **un pneu** Reifen – 20 **crevé** geplatzt – 29 **faire un signalement** *ici :*
prévenir les gendarmes

puis un beau matin, pfuit ! ils sont partis sans rien dire à personne. Allez savoir où ils sont, à présent. Et donc, avec les Chevalier, ça a été un peu la même chose. Très vite, ils se sont retrouvés en difficulté. Monique les a orientés vers le camion
5   du CCAS. Si la mère avait disparu du jour au lendemain, nous nous serions probablement inquiétés. Au début, elles venaient toutes les deux, avec le bébé. Et puis la fille a commencé à venir seule, de plus en plus souvent. Qu'est-ce que vous voulez... On l'a vue de moins en moins, et puis un jour plus du tout, mais
10 ça nous a pas paru tellement bizarre, vous voyez. On a juste pensé que c'était comme avec les petits jeunes. On s'est dit qu'un matin, ils seraient tout simplement partis. C'est pas les premiers, et ce sera pas les derniers, hélas. On a pris l'habitude de voir la gosse promener son frère toute seule quand il faisait
15 beau, le long de la rivière. Bien sûr que je savais qu'elle était déscolarisée. Qu'est-ce que vous vouliez que j'y fasse ? Si j'avais su... Mon Dieu, je suis tellement désolé. C'est pas facile d'être maire, vous savez, dans des petits patelins comme ça. Je dis pas ça pour me trouver des excuses, notez. »

20 Témoignage de Sophie Cardenac, assistante sociale à Vimoutiers

« Au début, il y a cinq ans, quand j'ai commencé, j'y croyais, à mon boulot. Je croyais vraiment que je pourrais aider les gens. J'ai pas mal déchanté, depuis. Si je me souviens de Mona et de
25 sa mère ? Pas qu'un peu, oui... C'était une gamine sacrément futée pour son âge. Vous savez, quand vous avez les gens en face de vous, la dernière chose que vous avez le droit de dire, c'est ce que vous pensez. Mona, c'était un bon petit soldat. Le

---

18 **un patelin** *fam* un village – 24 **déchanter** perdre ses illusions – 26 **futé** intelligent

problème, c'était sa mère. La pauvre, ce n'était pas complètement sa faute, la vie avait été tout sauf tendre avec elle. Après la faillite de leur pension, à Dreux, son mari s'était suicidé. Elle n'avait jamais voulu admettre la vérité, la petite, elle avait
5 préféré croire qu'il était mort dans un accident, en voulant arranger un mur ou je ne sais plus quoi. Il y a des patients – oui, on dit comme ça – qu'on n'arrive pas à oublier. Mona était très mûre pour son âge. En fait, malgré ses quatorze ans, c'était elle, l'adulte. La mère l'avait trimballée de Dreux à Ticheville, allez
10 savoir pourquoi... C'était le profil de personne qui pense que c'est toujours mieux ailleurs, sans se rendre compte qu'elle trimballe de toute façon ses problèmes avec elle. Elle traînait avec toutes sortes de types, et le dernier en date était particulièrement violent. La gamine, j'aurais voulu la prendre
15 dans mes bras, je vous jure, je ne sais pas quand quelqu'un l'avait fait pour la dernière fois. Mais mon travail, ce n'est pas ça. Mon travail consiste le plus souvent à prendre acte de la réalité, aussi cruelle soit-elle, et du fait que je ne peux pas la changer. À réciter à des gens pour qui je ne peux rien la longue
20 liste de ce qui est en théorie possible pour améliorer leur vie, tout en sachant que le plus souvent, c'est impossible. À me plaindre avec eux des lenteurs administratives, à compatir pour aider à faire passer la pilule. Combien de fois dans ma vie j'ai pu dire : "Oui, je sais bien que c'est long, madame, hélas, on
25 n'y peut rien" ? Je ne compte plus. Et bien évidemment, pour Christelle Chevalier et sa fille, c'était le même topo. Dans l'idéal, il aurait fallu un foyer pour elles. Des mesures d'éloignement pour le conjoint violent. Mais il n'y avait pas eu de plainte. Que vouliez-vous que les gendarmes fassent ? J'ai effectué un
30 signalement, sans trop y croire. Je leur ai donné des dossiers à

3 **la faillite** Konkurs – 4 **admettre** accepter – 8 **mûr** reif – 9 **trimballer** emmener (mitschleppen) – 17 **prendre acte de qc** etw zur Kenntnis nehmen – 22 **se plaindre** sich beklagen – 22 **la lenteur** ≠ la vitesse – 22 **compatir** mitfühlen – 23 **faire passer la pilule** *expr* faire accepter qc qui n'est pas agréable – 26 **le même topo** *fam ici :* la même histoire – 27 **un foyer** Heim – 27 **une mesure** Maßnahme – 28 **un(e) conjoint(e)** un(e) partenaire (dans un couple) – 28 **une plainte** Klage

remplir pour avoir des aides. Et je leur ai demandé de prendre leur mal en patience. J'ai écouté. Ça, c'est ce qu'on sait faire de mieux. Je sais, ce n'est pas juste. Mais c'est comme ça. C'est la vérité et on ne peut pas changer ce qui a été. J'aimais
5 beaucoup Mona, sa détermination à garder la tête hors de l'eau. À s'occuper des courses, des papiers... Elle était tellement responsable. Mais moi, encore une fois, que vouliez-vous que je fasse, du haut de mes vingt-cinq ans, à part essayer de défendre mon service, essayer de justifier des moyens inexistants, des
10 fonctionnements arbitraires et des délais délirants ? À part tenter de convaincre Mona et sa mère de saisir la perche que je leur tendais tout en sachant qu'elle se réduisait à une impuissance presque totale ? Vous savez ce que c'est, vous êtes policier. On vous félicite rarement pour ce que vous avez réussi
15 à faire, mais on vous reproche tout le temps ce que vous n'avez pas fait. Eh bien, moi, c'est pareil. C'est grâce à mes conseils que Christelle Chevalier a réussi à décrocher de sa relation toxique avec ce chauffeur poids lourd, qui, au passage, a fini en prison. Grâce à mes conseils et aux aides que nous
20 avons obtenues ensemble qu'elle a trouvé un logement où recommencer sa vie.

Après, je pouvais plus rien pour ces deux-là. Saint-Guillaume, c'est pas la porte à côté. Les collègues sont débordées, personne n'arrive à se déplacer dans les petites communes ni en
25 campagne, vous pensez. On n'arrive déjà pas à faire le boulot en ville !... On n'est pas assez nombreuses. Je devrais pas dire ça, mais le soir, quand je rentre chez moi et que je me colle devant ma vieille télé pour oublier les journées passées entre les drames, les pauses café dégueulasse et petits gâteaux de

---

2 **prendre son mal en patience** *expr* attendre patiemment – 5 **la détermination** la volonté, l'énergie *f* – 10 **arbitraire** injustifé (willkürlich) – 10 **un délai** Frist – 10 **délirant** fou – 11 **saisir une perche** *expr ici :* accepter l'aide proposée – 12 **tendre une perche** *expr ici :* proposer de l'aide – 12 **se réduire** se limiter – 17 **décrocher de qc** *ici :* se libérer de qc – 23 **c'est pas la porte à côté** *expr* c'est loin – 23 **débordé** überlastet – 29 **dégueulasse** *fam* ≠ bon

chez Lidl, je ne peux pas m'empêcher de ruminer contre tous ceux qui défilent dans mon bureau pour obtenir de l'argent qu'ils vont claquer dans un écran plat super large que je ne peux même pas me payer avec mes mille cinq cents euros par mois. Je sais, c'est pas bien de dire ça, mais c'est vrai. Et après, ils se plaignent d'être surendettés. Il y en a qui n'apprennent jamais. Mais Mona n'était pas comme ça. C'est pour ça que je ne l'ai pas oubliée. Je vous jure, j'en ai vu. Mais tout de même, je n'aurais jamais pu imaginer que ça en arrive là. »

Témoignage de Tessa Romanescu, médecin à Valbert

« Je ne suis pas dans la région depuis très longtemps. J'ai obtenu mon diplôme à Bucarest et puis j'ai appris qu'en France, ils cherchaient des médecins. Il n'y en avait pas assez. Et bien sûr, c'est beaucoup mieux payé qu'en Roumanie. Alors, je suis venue avec mon mari et notre petite fille. Je ne comprends pas pourquoi les médecins français ne veulent pas s'installer à la campagne. C'est joli, ici. Et les gens sont plutôt gentils. Même si, en dehors du travail, je ne connais pas encore grand-monde. Et puis parfois, mon pays me manque. Ma famille me manque. Heureusement, nous y retournons pour les vacances. Au cabinet, il n'y a pas un seul confrère français. Nous sommes trois. Il y a Chris Denning, elle est anglaise et elle ne va pas rester, à cause du Brexit. Et puis Mohammed Boudjelal. Lui, il est algérien et à mon avis, il ne partira pas de sitôt. Comme moi. C'est drôle, des fois, je me dis que la vie n'a aucun sens. En quoi mon pays, la Roumanie, aurait vocation à dépenser

---

1 **ruminer contre qc/qn** *ici :* penser du mal de qn – 3 **claquer** *fam* dépenser –
6 **surendetté** überschuldet – 22 **un confrère, une consœur** un(e) collègue –
27 **une vocation** *ici :* une mission, un objectif (Aufgabe)

son argent pour former des médecins qui vont s'installer en France où leurs collègues français ne veulent plus aller ? Et en Roumanie, alors, qui est-ce qui va soigner les gens, hein ? En même temps, quand je vois le pauvre confrère qui a été poignardé dans son cabinet à Nogent... je peux comprendre, aussi. À la télé, ils parlent beaucoup de vos banlieues, mais ils devraient venir faire un tour ici...

Au moins, au cabinet, nous sommes trois. Je peux appeler du renfort, en cas de besoin. Mais revenons à vos questions.

Le cas de Christelle Chevalier était assez classique. Des comme elle, j'en vois beaucoup, tous les jours. Trop de cigarettes, trop de sucre, trop de sel, de surgelés préparés, de pizzas, trop, trop, trop, pour compenser... le pas assez. Pas assez d'argent, d'exercice physique, d'affection, de travail. Ces patients-là ne sont que des mauvaises nouvelles sur pattes : surpoids, problèmes cardio-vasculaires, musculo-squelettiques, diabète, et ça, de plus en plus tôt. Dès l'enfance, même. Il aurait fallu que madame Chevalier puisse consulter un cardiologue. Bon, Mona, à présent. C'est elle qui m'a amené sa mère. Une gosse sacrément débrouillarde. Mais je ne sais pas. Il y a quelque chose chez elle qui m'a mise mal à l'aise. Pas dans son attitude. Non, dans son regard, plutôt. Une détermination hors norme, mais en plus, une sacrée tension. Oui, c'est ça. Il y avait quelque chose en elle de tendu, de prêt à rompre. Borderline, comme vous dites. Et puis aussi, quand même, son attitude, quand j'y repense. Elle a insisté pour assister à la consultation. Comme sa mère ne s'y opposait pas vraiment, j'ai laissé faire. Je n'aurais pas dû. Elle est entrée avec le petit dans les bras et elle s'est assise pendant l'examen. Quand j'ai exposé le problème, quand j'ai expliqué qu'à mon avis, il y avait un risque cardiaque sérieux, madame Chevalier n'a pas semblé très convaincue. La petite, par contre, s'est

---

5 **poignarder** erstechen – 9 **le renfort** l'aide *f* – 16 **cardiovasculaire** Herz und Gefäße betreffend – 20 **débrouillard** malin, futé (schlau) – 24 **tendu** nerveux (angespannt) – 25 **rompre** se casser – 27 **une consultation** *ici :* Sprechstunde, Besuch – 31 **cardiaque** → le cœur

soudain mise très en colère. Elle hurlait, je me rappelle qu'elle répétait : "J'en ai marre que tu nous foutes tout le temps dans la merde !" Le bébé s'est mis à pleurer et j'ai été obligée de lui demander de sortir. Ce qu'elle a fait en claquant la porte de
5 toutes ses forces. Visiblement, elle était incapable de contrôler sa colère. En même temps, elle avait l'air de porter toute la famille à bout de bras, donc ça ne m'étonne pas vraiment, ce qui est arrivé, au final. Même si ce n'est pas commun.

    Au départ, j'ai pensé que Christelle Chevalier était faible. Je
10 n'ai pas réalisé qu'elle était épuisée. Qu'elle avait besoin d'aide. Et que Mona aussi.

    Vous voyez, je ne suis pas vraiment surprise de ce qu'elle a fait, cette gosse. Quoi qu'il en soit, c'est sûr, son petit frère et elle auraient été séparés, placés dans des familles d'accueil
15 différentes, à la fin.

    Le plus triste, c'est que c'est exactement ce qui s'est passé. »

Témoignage de Fouzia Traoré, cheffe de service et déléguée au Pôle Protection Judiciaire de la jeunesse de l'Orne

20 « J'ai eu à intervenir à deux titres dans cette affaire. Pour Justin, en tout premier lieu. Un enfant peut en effet, sous certaines conditions, être placé, c'est-à-dire retiré de son milieu familial sur décision judiciaire. C'est une mesure exceptionnelle qui n'est prise que lorsque le maintien dans la famille expose
25 l'enfant à un danger. Par exemple, lorsque ses parents ne peuvent pas garantir sa santé, sa sécurité, ou si son éducation, son développement sont gravement compromis. La mesure de placement peut être prise en même temps pour plusieurs enfants relevant de la même famille. C'était le cas, ici. Mon

---

10 **épuisé** très fatigué (erschöpft) – 20 **à deux titres** pour deux raisons –
27 **compromettre** gefährden

action a concerné à la fois Mona Lecouvreur et Justin Chevalier. On aurait pu penser, peut-être à juste titre, que Mona était parfaitement capable de s'occuper de son frère. Et sans doute, hélas, à quelques mois près, cela n'aurait pas posé de
5 problèmes pour peu qu'elle ait eu, évidemment, des revenus suffisants pour subvenir aux besoins de sa famille. Mais là, le petit Justin était en danger et Mona Lecouvreur aussi. J'ai donc décidé de saisir le juge des enfants et de son côté l'OPJ a également sollicité le procureur pour ouvrir une enquête. Mon
10 intuition était que Mona n'était pas hors la loi et qu'elle ne maltraitait pas son petit frère, bien au contraire. Par la suite, d'ailleurs, toutes les enquêtes de proximité l'ont démontré. Mais elle avait visiblement besoin d'aide. Et comme elle n'était pas encore majeure, il fallait une famille d'accueil pour Justin, et
15 pour elle aussi, car à un moment, il est devenu évident que la mère était aux abonnés absents. J'espérais de tout mon cœur qu'à sa majorité, avec un travail stable et un domicile, elle pourrait récupérer son petit frère. Même si, connaissant notre institution, je ne me faisais guère d'illusions. Je savais qu'il était
20 à peu près aussi difficile de revenir en arrière sur ces questions que de remettre du dentifrice dans un tube. Au Mali, pays dont ma famille est originaire, le principe de famille élargie est largement admis. Souvent, je m'interroge. J'ai un fils de douze ans et une fille de huit ans. Ils vont grandir ici, se marier ici,
25 avoir des enfants ici. Leurs valeurs seront celles de ce pays. Ce sont déjà les miennes. Moi aussi, je suis née ici. Mes parents sont de jeunes seniors, selon les standards français. Le moment venu, est-ce que je serai capable de les garder à la maison comme on le fait encore, dans le pays où ils sont nés ? Et mes
30 enfants ? Que feront-ils de moi, si un jour je ne peux plus vivre seule ? Probablement ce que fait tout le monde. Et c'est logique. En tout cas, ici. »

---

6 **subvenir à qc** für etw aufkommen – 9 **solliciter qn** jdn ersuchen – 10 **ne pas être**
°**hors la loi** respecter la *loi* (Gesetz) – 16 **être aux abonnés absents** *expr* rester
longtemps absent – 32 **en tout cas** auf jeden Fall

7. LE CENTRE PSYCHIATRIQUE

Mona

Je me suis réveillée en sursaut. Il y avait eu un bruit, je ne savais pas si c'était dans mon rêve ou la réalité. Je me suis redressée dans le lit, et j'ai entendu marcher dans la maison. J'ai tout de
5 suite compris que c'était la police. J'ai pas réfléchi, j'ai pas perdu de temps. J'avais qu'un seul truc en tête. Fuir. Ne pas les laisser nous prendre. Je crois même pas que j'ai pris le temps de penser. Ma tête était comme paralysée. C'est mon corps qui pensait à la place. J'ai repoussé ma couette, j'ai foncé vers le lit
10 de Justin, je l'ai attrapé encore endormi, je l'ai plaqué contre ma poitrine et j'ai piqué un sprint en direction de la salle de bains. Je savais que je pouvais sortir par l'arrière de la maison. Je suis passée par la fenêtre, c'est pas bien haut, il y a même pas un mètre, et je me suis mise à courir le plus vite que je
15 pouvais. J'ai entendu crier derrière moi, j'ai accéléré, mais ils m'ont rattrapée tout de suite. Je me suis cramponnée de toutes mes forces à Justin pour pas qu'ils me l'arrachent, lui, il comprenait pas, il pleurait, et quand ils ont réussi à me le prendre, quand ils nous ont séparés, ça a été... La dernière
20 chose que j'ai gardée de lui, c'est l'odeur de ses cheveux contre mon visage, ce matin-là.

Après, je sais pas. Je me souviens pas. C'est flou. Je sais juste qu'ils m'ont emmenée dans une pièce où ils m'ont enfermée, et un médecin est venu. Il m'a auscultée. Je grelottais. C'était le
25 printemps et je grelottais. Je claquais des dents. La fliquette qui m'avait ceinturée m'a ramené une couverture. J'étais à moitié à

---

16 **se cramponner à qc/qn** ich an etw/jdm festklammern – 17 **arracher** *ici :* prendre violemment – 22 **flou** pas clair (unscharf) – 24 **ausculter** examiner (abhören) –
24 **grelotter** zittern – 26 **être à poil** *fam* être nu, sans vêtements

poil, faut dire. Elle me l'a passée autour des épaules, et le toubib m'a donné un truc qui m'a un peu fait dormir. Quand je me suis réveillée, j'étais toute seule. J'ai regardé autour de moi et j'ai réalisé que j'étais dans une chambre d'hôpital. Bon, c'était
5 peut-être logique, mais en même temps, ils avaient dû trouver Christelle. J'aurais plutôt dû me réveiller dans une cellule. Quand même, j'espérais qu'ils allaient pas s'imaginer que je l'avais tuée. Qu'ils allaient pas m'accuser. C'était plié, de toute façon. Ils avaient pris Justin et ils allaient le placer, j'avais
10 aucun doute là-dessus. Et moi, j'avais beau être à l'hosto sans savoir pourquoi, j'allais me retrouver en taule, c'était sûr. J'ai respiré un grand coup, mais ça a pas chassé l'angoisse. Je me demandais comment Solène réagirait quand elle apprendrait ce qui s'était passé. Peut-être que quand elle se pointerait avec
15 son scooter, la mère Destivelle lui expliquerait. Pourvu qu'elle puisse venir me voir, peut-être pas en prison, mais au moins ici. J'avais confiance en elle. Je savais que si c'était possible, elle viendrait. Et moi, il allait falloir que je tienne le coup. J'allais devoir raconter ce qui s'était passé. La mort de Christelle et les
20 mois qui ont suivi. Mais je voulais pas leur dire que Solène m'avait aidée à la mettre dans le congélateur. Plutôt mourir.

J'en étais là de mes réflexions quand une infirmière s'est pointée. J'ai lu « Thérèse Grolier » sur le badge accroché à sa poitrine de bonne vache laitière. Je me sentais vaseuse. La
25 bonne femme tenait un plateau qu'elle a posé sur une table à roulettes. Il y avait un chocolat chaud dans un gobelet en plastique et un croissant posé dessus.

– Faut manger, qu'elle a dit.

– J'ai pas faim, j'ai répondu.

30 C'était pas pour la contrarier. C'était vrai. J'avais l'impression d'avoir du carton dans la bouche. C'était leurs médocs de

---

6 **une cellule** Zelle – 8 **c'est plié** *fam ici :* c'est fini – 10 **un hosto** *fam* un hôpital – 11 **être en taule** *f fam* être en prison – 14 **se pointer** *fam* arriver – 15 **pourvu que** + *subj* hoffentlich … ! *(Ausdruck eines Wunsches)* – 24 **vaseux** faible, sans énergie – 25 **un plateau** Tablet – 30 **contrarier qn** énerver qn – 31 **un médoc** *fam* un médicament

merde, j'ai pensé. J'ai secoué la tête. Je pouvais vraiment rien avaler.

– Il est quelle heure ? j'ai demandé.

– Midi.

5 – Putain...

Après ça, elle m'a accompagnée aux toilettes. J'avais pas faim, mais j'ai pris un verre d'eau. J'avais eu froid, mais maintenant, j'avais trop chaud. J'aurais tué pour une douche, sérieux. Elle a dû lire dans mes pensées, parce qu'après, elle m'a emmenée

10 jusqu'à la salle de bains. Je pense pas me souvenir d'avoir jamais autant apprécié de sentir l'eau couler sur ma peau, le gel douche parfumé au pin et la serviette rêche, après. J'ai dû rester au moins une demi-heure là-dedans et j'en suis sortie toute fumante.

15 – On est où, ici ? j'ai demandé.

– Au centre psychiatrique de l'Orne, mademoiselle, elle a répondu tout en m'aidant à enfiler une espèce de pyjama bleu ciel. Le médecin va vous recevoir.

Thérèse Grolier m'a emmenée jusqu'au bureau d'un mec

20 dont je me suis dit qu'il devait être le grand chef. Je me trompais pas. La pièce ressemblait à celles que j'avais déjà vues avant, à la gendarmerie. Mêmes ordinateurs, même bureau anonyme, il y avait que les affiches au mur qui changeaient. Au lieu des avis de recherche, c'étaient des paysages de montagne nuls. Un

25 type chauve en blouse blanche était assis dans un machin à mi-chemin entre une chaise et un fauteuil. Lui aussi, il avait son nom sur un badge à la con : « Fabien Richter ». Ses lunettes à monture dorée avaient glissé sur son nez, il les a remontées d'un geste machinal en se levant pour m'accueillir. Il m'a tendu

30 la main avec un sourire.

– Bonjour mademoiselle, il a fait, je suis le docteur Richter. Je suis médecin psychiatre. Asseyez-vous, s'il vous plaît.

---

12 **rêche** ≠ doux – 25 **chauve** qui n'a pas de cheveux – 28 **une monture** *ici :* Gestell

L'effet de la douche s'était estompé. Je me sentais à nouveau comme une marionnette dont on aurait coupé les fils. Genre, un pantin. J'avais plus de ressort. Je me suis vautrée sur la chaise plutôt qu'assise.

5 – Il faut que vous nous aidiez à comprendre, d'accord ?

– Où c'est que vous avez mis mon frère ? j'ai demandé sans répondre à sa question.

J'étais cuite de médocs, mais fallait pas me prendre pour une conne non plus.

10 – Je ne l'ai mis nulle part, il a répondu en joignant ses mains au-dessus de son bureau. C'est l'Aide sociale à l'enfance qui s'en est occupée. Son rôle est d'intervenir dans les cas comme le vôtre pour trouver un placement d'urgence en famille d'accueil.

15 – Attendez, j'ai fait. Vous voulez quand même pas dire que ça y est ? Que Justin, il est déjà placé ?

Il m'a regardée un moment sans rien dire, puis il s'est décidé :

– Compte tenu de la situation, mademoiselle, qu'auriez-vous imaginé que nous fassions ?

20 La « situation ». Ils avaient trouvé notre mère morte dans un congélateur, bien sûr qu'ils allaient pas juste faire comme s'il s'était rien passé, j'étais pas idiote, mais de savoir que ça y était, que c'était fini, que j'avais perdu mon petit frère, je me suis effondrée. J'ai posé mes avant-bras pliés sur le bureau et j'ai

25 enfoui ma tête dedans en espérant juste qu'ils allaient me gaver de somnifères jusqu'à la fin des temps pour pas que je réfléchisse à tout ça. Mais non.

– J'aimerais que vous nous aidiez à comprendre ce qui s'est passé, il a insisté.

30 J'ai relevé la tête, j'ai roulé des yeux. J'allais juste tout déballer. Comment les choses avaient merdé dès qu'on était

---

1 **s'estomper** disparaître – 3 **un pantin** Hampelmann – 3 **avoir du ressort** avoir de l'énergie – 3 **se vautrer** *ici :* sich lümmeln – 24 **s'effondrer** zusammenbrechen – 25 **gaver qn de qc** jdn mit etw vollstopfen – 26 **un somnifère** un médicament qui aide à dormir – 31 **déballer** *fam* sortir, *ici :* raconter

arrivées à Saint-Guillaume. Qu'est-ce que je pouvais faire d'autre, franchement ? Je me suis demandé ce qu'ils allaient faire de Christelle. J'avais vu des films. Je me suis dit qu'ils allaient la mettre dans un tiroir, avec une étiquette au pouce du pied. Qu'elle allait passer d'un congélateur à un frigo. Le comble ! J'avais pas l'ombre d'un doute. Ils me laisseraient même pas aller à l'enterrement, ces enfoirés. Ils la mettraient dans la terre et il y aurait personne pour l'accompagner. J'avais envie de chialer, mais je me suis retenue. Je voulais pas pleurer devant lui. C'est là qu'il a demandé :

– Mona, pour commencer, savez-vous où est passée votre mère ?

Mon cœur a manqué un battement. Je me suis dit que j'avais mal entendu. Mais non, il a doucement répété la question et ça m'a réveillée, du coup. Après tout, ils avaient peut-être pas pensé à regarder dans le congélateur. Ils avaient peut-être pas trouvé Christelle. C'était possible. Les flics, c'est pas tous des lumières, tout le monde sait ça. Il allait falloir que je pense très très vite, à présent. J'aurais pu tout simplement lui dire qu'elle avait disparu, mais ça aurait rien changé. Ils allaient finir par ouvrir ce putain de congélo tôt ou tard. Non, fallait que je trouve mieux que ça, de quoi rentrer à la maison, trouver où était Justin, l'enlever, et, foutue pour foutue, me tirer. Tant pis pour maman, je pouvais plus rien pour elle, là où elle était. Mais peut-être que si je partais assez loin, assez vite, je pourrais m'en sortir. Solène m'aiderait. J'irais jusqu'en Belgique, et après, on verrait bien. Je trouverais un boulot, n'importe quoi, je ferais garder mon petit frère, je mettrais de côté et comme ma majorité approchait, j'achèterais des billets d'avion pour les US aussitôt que possible, sur Internet, parce que de toute façon, ils trouveraient maman et ils me chercheraient.

J'ai balancé le premier truc qui me passait par la tête :

---

6 **Le comble !** Das ist der Gipfel! – 9 **chialer** *fam* pleurer – 23 **se tirer** fam partir – 23 **tant pis pour qn/qc** c'est dommage pour qc/qn – 32 **balancer qc** etw werfen *ici :* dire qc

– Elle revient après-demain, j'ai dit.

Le psy a ouvert des grands yeux derrière ses binocles.

– Ah bon, il a dit. Où est-elle ?

Je me suis souvenue de l'histoire comme quoi elle était genre
5   en formation au Mans. Je l'ai ressortie et j'ai ajouté sur un ton
qu'allait pas accepter la contradiction :

– Va falloir nous ramener, là, Justin et moi, parce que ma
mère, quand elle va rentrer, si on n'est pas là, elle va s'inquiéter
grave, docteur.

10   Bon, j'avoue, j'y croyais pas vraiment qu'il allait me relâcher
comme ça. Richter a reculé son siège à roulettes. Et puis il l'a
rapproché à nouveau du bureau, et il s'est penché vers moi, le
torse posé sur ses avant-bras. C'était comme une danse. J'ai
senti son haleine parfumée au chewing-gum à la menthe,
15   mélangée à l'odeur du tabac.

– Mademoiselle ? Il y a des mois que personne n'a plus vu
votre mère nulle part. Elle n'est pas joignable par téléphone, et
pourtant, elle répond aux mails, apparemment. Nous avons
vraiment besoin que vous nous aidiez à comprendre ce qui se
20   passe. Où est votre mère ?

Je l'ai regardé droit dans les yeux.

– Je vous l'ai dit, en formation au Mans. Elle rentre après-
demain. Faut nous laisser partir, on n'a rien fait de mal,
monsieur.

25   Un instant, j'ai cru voir le doute passer dans son regard, et je
me suis dit qu'on avait une vraie chance, Justin et moi, et qu'il
fallait pas qu'on la laisse passer. J'ai enfoncé le clou tout de
suite :

– Je suis en garde à vue, ici ?

30   Il a hésité un bon moment avant de répondre :

– Non, bien sûr que non. Ce qu'il y a, c'est que votre mère a
été convoquée, vous aussi, et vous ne vous êtes pas présentées
à la convocation. En tant qu'officier de police judiciaire, le

---

11 **reculer qc** déplacer qc vers l'arrière – 14 **l'haleine** f Atem – 27 **enfoncer le clou** expr
insister, continuer – 29 **une garde à vue** Polizeigewahrsam

gendarme qui a mené l'enquête a le droit, si un juge l'y autorise, de faire amener votre mère par la contrainte. Et c'est ce qu'il a fait. Mais elle ne se trouvait pas à son domicile. Vous avez raison, nous n'avons rien à vous reprocher. C'est même tout le
5 contraire. Vous étiez en danger, vous et votre frère. Tout ça a été fait pour vous venir en aide.

– Ben voyons. On se débrouillait très bien sans les flics.

J'avais répondu ça, mais bon, j'étais quand même soulagée de savoir qu'apparemment, ils n'avaient pas trouvé Christelle.
10 J'ai laissé l'air sortir de ma poitrine. J'ai commencé à soulever une fesse de la chaise en demandant :

– Je vais pouvoir y aller, alors ?

– Ce n'est pas si simple, mademoiselle. Rasseyez-vous, s'il vous plaît. Effectivement, nous n'avons pas grand-chose à vous
15 reprocher, si ce n'est de ne pas avoir signalé la disparition de votre mère. Si vous étiez majeure, ce ne serait pas bien grave – si toutefois il ne lui est rien arrivé – mais vous êtes mineure, et la société vous doit, à vous et à votre frère, protection.

Là, j'ai carrément éclaté de rire.
20 – Mais putain, vous auriez pu vous en apercevoir avant, qu'il fallait nous protéger ! Il y a des années qu'on galère ! Que ma famille est dans une merde noire ! Et vous venez me parler de protection ? Non, mais je rêve !

Peu à peu, l'adrénaline générée par la colère dissipait l'effet
25 des tranquillisants qu'ils m'avaient filés. Je retrouvais ma lucidité.

Le psy m'a regardée avec un air sympa, ça m'a encore plus énervée.

– Je comprends, mademoiselle. Seulement, la gendarmerie
30 et les services de protection de l'enfance s'en sont mêlés. Vous ne pouvez plus garder votre petit frère avec vous et rester seule chez vous. Je suis désolé.

---

2 **la contrainte** la force, la pression (Zwang) – 8 **soulagé** erleichtert – 11 **une fesse** Hinterbacke – 24 **dissiper** faire disparaître – 26 **la lucidité** la clairvoyance (Klarheit)

Cette fois, j'ai bondi de mon siège et je me suis mise à hurler :
– Un peu, que je peux ! Vous pouvez pas faire ça ! Vous avez pas le droit ! Puisque je vous dis que ma mère rentre après-demain ! Laissez-nous partir ! S'il vous plaît ! Je vous en supplie !

5   Il a levé la main en signe d'apaisement.
– De toute façon, vous ne pouvez rien y faire. À l'heure qu'il est, comme je vous l'ai dit, votre frère est entre les mains des services sociaux. Il est dans une famille d'accueil et il va bien, je vous le promets.

10   – Où, putain de bordel de merde ? Où ?
– Je ne peux hélas pas vous le dire pour le moment. Ce n'est pas que je ne veuille pas, c'est que je n'en ai pas le droit.
    C'était comme si on venait de me couper les deux jambes. Je me suis rassise direct. J'ai sifflé entre mes dents :

15   – Salauds ! Bâtards ! Fils de pute !
    Il a gentiment avancé la main vers moi. J'ai reculé comme si c'était une saloperie d'araignée. Il me dégoûtait, à présent. J'ai baissé la tête. Même s'il me laissait sortir de là, j'avais aucun moyen de retrouver Justin. D'un coup, je me foutais de tout.

20 Enfin, presque. Parce que quand même, je me foutais pas de Christelle, qui dormait dans son congélateur. Elle pouvait pas rester là-dedans.
    – Vous savez ce que nous pensons, mademoiselle ? Nous pensons que vous êtes une jeune fille très courageuse. Si. Je

25 vous assure. Nous pensons que votre mère vous a abandonnés, vous et votre petit frère, il y a plusieurs mois de ça. Et qu'avec un courage énorme, vous avez décidé de continuer à vivre comme si de rien n'était, en dissimulant les faits. Et nous pensons, et les services de l'enfance le croient aussi, que vous

30 avez fait tout ça pour garder votre petit frère avec vous jusqu'à votre majorité, pour pouvoir vous en occuper ensuite, pour pouvoir l'élever. C'est un acte très noble, dont peu de gens seraient capables, vous savez. Nous avons acquis la certitude que vous ignorez l'endroit où se cache votre mère, qui est une

---

17 **une araignée** Spinne – 28 **dissimuler** cacher – 32 **noble** edel

personne manquante du point de vue de la justice, et contre laquelle la police a lancé un mandat d'arrêt pour vous avoir abandonnés.

J'ai relevé la tête, piquée au vif.

5   – C'est faux. Ma mère nous aurait jamais abandonnés. Elle aurait jamais fait ça. Vous mentez ! Vous vous trompez !

– Je veux bien vous croire, je ne suis pas en train de vous traiter de menteuse, il a fait, mais où est-elle, alors ?

J'en pouvais plus de tout ça. Cette fois, j'avais vraiment plus
10 rien à perdre. Foutue pour foutue, autant lui dire... Il était tellement à côté de la plaque !

– Elle est morte.

Il a froncé les sourcils.

– Comment ça, elle est morte ?

15 – Ben oui, morte. Vous savez pas ce que ça veut dire ?

Et je lui ai tout balancé. Sauf pour Solène, évidemment. Je lui ai pas parlé de Solène, je voulais pas la mouiller. Mais je me suis dit qu'au moins, Christelle aurait un enterrement digne de ce nom et qu'il me restait plus que ça à quoi me raccrocher.

20 Je lui ai raconté comment elle était tombée malade, comment elle avait pas pu se soigner, comment je l'avais retrouvée morte dans son lit, comment je m'étais occupée de Justin tout ce temps, avec la peur au ventre. Il restait juste un truc qui voulait pas sortir, que j'arrivais pas à lui dire. C'est lui qui m'a aidée à
25 le dire :

– Mais le corps de votre maman, mademoiselle ? Où est-il ?

J'ai rassemblé le peu de forces qui me restaient pour répondre :

– Elle est dans le garage. Dans le congélateur.

30 Le psychiatre s'est figé. Il m'a longuement dévisagée, et puis il a respiré un grand coup.

---

2 **un mandat d'arrêt** Haftbefehl – 4 **piqué au vif** *fig* blessé (beleidigt, verletzt) –
13 **froncer les sourcils** *mpl* die Augenbrauen hochziehen – 17 **mouiller qn** *fam*
impliquer qn (jdn hineinziehen) – 30 **se figer** arrêter de bouger sous l'effet de la
surprise

– Nous avons bien fait d'intervenir, ne serait-ce que pour protéger votre petit frère, et vous protéger, vous aussi.

Il commençait à me saouler avec son ton supérieur. J'allais lui couper la parole quand il a lâché très calmement :

5 – Il y a quand même un problème…

Il a laissé passer un blanc, comme s'il attendait que je dise quelque chose. Mais comme je répondais rien, il a continué sa phrase :

– J'ai lu le rapport de gendarmerie. Ils ont perquisitionné
10 la maison et ils ont ouvert le congélateur dans le garage, mademoiselle. Vous imaginez bien. Il était vide. Il n'y avait personne dedans.

Là, je me suis carrément levée. J'aurais voulu lui balancer ma chaise à la figure.

15 – Quoi ? Mais c'est du grand n'importe quoi ! Vous mentez ! Vous essayez de m'embrouiller !

Sérieux, mon cœur s'était mis à battre à trois cents à l'heure. Pendant que je le traitais de tous les noms, j'essayais de m'y retrouver dans son bordel. Soit il délirait, soit c'était un piège,
20 mais comme je venais de tout lui avouer, je voyais pas bien le but. D'un coup, je savais plus où j'en étais.

– Si vous le savez, il faut nous dire où est votre mère, il a insisté comme un balourd.

Toujours debout, je me suis remise à hurler :

25 – Mais putain, puisque je vous dis qu'elle est dans le congélateur ! Elle est morte, vous m'entendez, morte, morte, morte !

Et je suis retombée sur la chaise en chialant comme une môme, cette fois, j'ai craqué complet, la morve me coulait dans
30 la gorge et sur le menton, et je pouvais plus m'arrêter. Entre deux sanglots, j'ai bredouillé :

---

3 **saouler qn** *fam* énerver qn – 9 **perquisitionner** durchsuchen – 16 **embrouiller qn** *ici :*
fam rendre qn confus – 19 **le bordel** *fam* le désordre, le chaos – 19 **délirer** ne plus être
dans la réalité (spinnen, Unsinn reden) – 19 **un piège** Falle – 20 **avouer** gestehen –
23 **un balourd** une personne maladroite, sans délicatesse (Raubauz) – 28 **chialer**
pleurer – 29 **la morve** Nasenschleim – 31 **un sanglot** Schluchzer

– Vous avez qu'à demander à Solène, si vous me croyez pas.

Je m'étais pourtant juré de pas la balancer. Mais comme je vous dis, j'ai craqué, j'avoue. Complètement. Je voulais qu'il me croie, ce type en blouse blanche. Je peux pas vous dire
5 pourquoi, mais d'un coup, oui, je voulais qu'il me croie. Et puis aussi, j'ai pensé que peut-être, Solène avait compris que les flics allaient débarquer, et que, sans rien me dire, elle avait bougé maman et l'avait emmenée ailleurs. Mais quand même, je voyais pas trop comment. Je m'en serais aperçue, et puis non,
10 elle me l'aurait dit. Le toubib m'a tendu un Kleenex. Je me suis mouchée, ça a fait un sacré bruit de trompette. Mais un mouchoir, ça suffisait pas. Il m'en a tendu un autre, en souriant, cette fois, et il avait un gentil sourire. Je l'ai pris, mais j'étais pas dupe. Après ça, je me suis essuyé les yeux. Heureusement que
15 je me maquille pas, j'aurais ressemblé à un panda.

– Vous me faites marcher, monsieur. Allez, ils l'ont vue, dans le congélateur, pas vrai ?

Il a pas répondu. À la place, il a demandé :

– Solène ? Solène, qui est-ce ? Une amie à vous ?
20 Au point où j'en étais… Cette fois, j'ai raconté. Tout, depuis le début, à nouveau, mais en y mettant Solène. À partir de comment on s'était rencontrées jusqu'au coup de main qu'elle m'avait donné. Je me suis un peu emmêlé les pinceaux dans les dates, mais bon, j'ai vu qu'il m'écoutait. Il avait l'air de me
25 croire, ça m'a un peu rassurée. Il prenait des notes en tapant sur son ordi à toute vitesse. Quand j'ai eu terminé, il a relevé les yeux vers moi.

– Et elle habite où, cette Solène ?

– Ben… à Nogent.
30 – Où ça, à Nogent ?

J'ai haussé les épaules.

---

2 **balancer qn** *fam* jdn verpfeifen – 3 **craquer** *ici :* versagen – 11 **se moucher** sich die Nase putzen – 14 **être dupe** sich täuschen lassen – 16 **faire marcher qn** mentir, raconter des histoires à qn (jdn aufziehen) – 22 **donner un coup de main à qn** aider qn – 23 **s'emmêler les pinceaux** *mpl* **dans qc** mélanger qc (etw durcheinander bringen)

– Je sais pas. On s'est rencontrées dans la rue, comme je vous ai dit, à cause qu'elle a cassé mon rétro avec son scooter. Et puis après, c'est toujours elle qui venait à la maison. J'ai jamais été chez elle, moi.

5 J'ai ajouté à toute vitesse :

– Je sais qu'elle a plein de frères et sœurs, ils sont onze, en tout. Et aussi qu'elle sèche les cours. Elle est sûrement au bahut, les gendarmes devraient la retrouver facilement.

Je sais pas pourquoi, j'avais aussi comme une intuition. Je
10 me disais que l'explication à tout ça, c'était Solène qui devait l'avoir, parce que je voyais pas qui d'autre aurait pu bouger Christelle de là. Peut-être à un moment où j'étais sortie avec Justin, allez savoir ? En même temps, je voyais pas bien comment elle aurait pu l'emporter. J'espérais juste qu'elle l'avait
15 pas enterrée dans le jardin.

Le psychiatre m'a tirée de mes pensées.

– Mona ? Le nom de famille de Solène, c'est quoi ?

Comme je répondais pas, il a insisté :

– Son nom de famille, vous le connaissez ?
20 – Je... ben en fait...

– Mademoiselle Lecouvreur ? Mona ?

– Ben en fait, j'en sais rien.

– Cette Solène est votre meilleure amie et vous ne savez pas où elle habite ni comment elle s'appelle ?
25 Je me foutais pas de sa gueule, sérieux. Je me suis rendu compte que j'avais jamais pensé à lui demander son nom de famille. Que je savais même pas où elle habitait.

---

7 **sécher (les cours)** ne pas aller en cours (schwänzen) – 25 **se foutre de la gueule de qn** *fam* se moquer de qn

Julien Chomeil, adjudant, officier de police judiciaire à la gendarmerie de Valbert

Il avait l'habitude d'en entendre, mais là, le coup du congélateur, c'était juste énorme. Le truc, c'est qu'il avait aussi
5 l'habitude des gens. Il en voyait tellement. Il savait quand ils mentaient. Et Mona Lecouvreur n'avait rien d'une menteuse. Il avait enfin pu l'interroger à l'hôpital, en présence de madame Traoré, une médiatrice, peu de temps après qu'elle avait vu Fabien Richter, le médecin psychiatre de l'établissement. Ses
10 déclarations avaient le ton de la sincérité absolue. Son langage corporel était aussi celui de la sincérité absolue. Les gens qui mentent froncent souvent les sourcils, ils grimacent parfois, trébuchent sur les mots, ils vous regardent droit dans les yeux pour vous prouver qu'ils ne mentent pas, mais ils clignent
15 beaucoup des paupières, il y a un manque de cohérence entre ce qu'ils disent et leur gestuelle. Par exemple, ils disent « oui » et font « non » de la tête. Ils ne tiennent pas en place. Ils reculent, ils se balancent en arrière, leur corps ou leurs pieds s'orientent vers la porte de la pièce où ils se trouvent, comme
20 pour s'échapper.

Rien de tout ça, avec Mona. Il voyait bien qu'au contraire, elle pensait que c'était lui, le menteur. Pourtant, il avait bel et bien forcé la serrure du congélateur, dans le garage. Et il était bel et bien vide. Chomeil était aussi intrigué que le docteur Richter
25 par l'histoire de cette copine qui l'aurait aidée au moment du décès de sa mère. Si c'était vrai, se pouvait-il qu'elle soit responsable de la disparition du corps ? Et en même temps, il était très étrange que Mona ne puisse leur donner ni son nom ni son adresse...

---

8 **un médiateur, une médiatrice** Vermittler(in) – 10 **la sincérité** Ehrlichkeit –
13 **trébucher** stolpern – 14 **cligner des yeux/des paupières** *fpl* blinzeln – 24 **être intrigué par qc** trouver bizarre que – 26 **le décès** la mort

Il avait lancé un avis de recherche au nom de Christelle Chevalier, et par acquit de conscience, un second mandat au nom de Solène X. Il y avait ajouté la description que Mona avait faite de son amie : longs cheveux roux, grande, mince, se déplaçant avec un scooter rouge de marque inconnue, domiciliée et scolarisée à Nogent-le-Rotrou. Une simple visite au lycée de la ville suffirait probablement à découvrir qui elle était et où elle se cachait. Il avait également envoyé une équipe du labo de criminologie à Saint-Guillaume, pour explorer le jardin à la recherche de traces de terre fraîchement retournée. On ne savait jamais. De toute façon, on ne pourrait pas garder Mona encore bien longtemps à l'hôpital d'Alençon. Il fallait faire vite. L'ASE allait certainement décider de son placement dans les heures qui suivraient.

Mona

– Mona, a fait le gendarme, nous avons un problème. Nous avons retourné tout Nogent. Nous sommes allés au lycée. Nous avons consulté toutes les archives à la mairie et à la sous-préfecture. Il y a bien une Solène. Il y en a même plusieurs. Un bon paquet, à vrai dire.

Bon, je voyais pas très bien où il voulait en venir avec toutes ces Solène. On m'avait ramenée dans le bureau du docteur Richter. Il était pas là, tant mieux pour moi, mais il y avait une Africaine des services de protection de l'enfance assise à sa place. Elle avait une jolie coiffure, avec des tresses. Ils m'ont expliqué que c'était une médiatrice. Elle a dit qu'elle s'appelait Fouzia. Fouzia Traoré. Et pas de bol, y avait une nouvelle psy. Elle m'a juste saluée en souriant, elle s'est présentée à son tour :

---

13 **l'ASE** *abrév de* **aide sociale à l'enfance** – 23 **tant mieux** umso besser – 25 **une tresse** Zopf – 27 **le bol** *fam* la chance

« Marie-Hélène Deschamps. » Je l'ai pas calculée. Pour ce que j'en avais à foutre... Je voulais juste sortir de là le plus vite possible. J'avais aucune idée de l'heure, mais je voyais bien à la lumière dorée sur les arbres que le soir était plus très loin.

5 J'aurais donné n'importe quoi pour savoir ce qui était arrivé à Christelle. Au moins, je me suis dit, ils avaient certainement retrouvé Solène. Elle pourrait peut-être nous le dire, elle, où était ma mère ? J'avais pensé à un truc. Peut-être que Solène l'avait sortie de là depuis un moment, en fait. Depuis qu'on en

10 avait parlé, vers Noël. Depuis la panne de courant. Peut-être qu'elle m'avait rien dit pour me protéger ?

– Il y en a une bonne vingtaine, à Nogent, des Solène, a répété l'adjudant. Mais aucune d'entre elles ne correspond à la description que tu nous en as donnée. Aucune n'est rousse, et

15 aucune ne possède de scooter. On a vérifié à la sous-préfecture.

J'ai senti une grosse boule obstruer ma gorge.

– Peut-être que... je sais pas... peut-être que c'est pas son vrai nom ?

La nouvelle psy disait rien, juste, elle prenait des notes. La

20 panique montait en moi comme une marée, comme au Mont-Saint-Michel, j'avais vu ça, une fois, à la télé, ils disaient que c'était la vitesse d'un cheval au galop, et à l'intérieur de moi, c'était pareil. Si Solène m'avait embrouillée ? Si elle avait emporté le corps de Christelle ? Mais pourquoi, bordel ?

25 Pourquoi ?

– Je sais pas, j'ai répété comme une conne. Peut-être qu'elle... qu'elle habite pas vraiment là ? Peut-être... L'Orne est pas loin de Nogent, regardez, nous on y habite bien. Peut-être qu'elle aussi, et alors, son scooter, du coup, il est peut-être enregistré

30 à Alençon ? Je sais pas, moi. Je sais pas... Dites...

– Oui, Mona.

– Vous croyez qu'elle a pris ma mère ?

Sa voix était devenue toute douce, quand il m'a répondu.

– Non, je ne pense pas.

– Quand même, vous me croyez, alors ?

Il a hésité, comme s'il cherchait la meilleure façon de me dire les choses.

5 – Oui, Mona, je te crois quand tu dis que tu ne mens pas.

J'étais sacrément soulagée.

– Faut la retrouver, le plus vite possible, monsieur. Faut qu'on sache ce qu'elle a fait de ma mère.

Il a lancé un coup d'œil à la psy, elle a semblé acquiescer, et
10 après il m'a regardée et dans ses yeux, il y avait toute la patience et toute la peine du monde.

– Mona, je ne crois pas qu'elle ait pris ta mère. Je crois que ta mère est partie, qu'elle vous a abandonnés et que nous allons finir par la retrouver. Pour tout te dire, je ne crois pas non plus
15 que Solène existe ailleurs que dans ton imagination.

Je tapais nerveusement du pied par terre, je pouvais pas m'empêcher. Je voyais bien que ça l'énervait quand même un peu. J'ai détourné le regard en direction de la fenêtre. Les rayons du soleil couchant se reflétaient sur la carrosserie d'un
20 beau scooter rouge garé sur le parking de l'hôpital. Le casque de Solène était posé sur la selle.

– Et moi, je crois que vous vous trompez, j'ai murmuré. Ou alors, peut-être que vous me mentez, mais genre, carrément.

Une chose était sûre. J'allais plus rien leur lâcher, ni aux uns
25 ni aux autres.

Julien Chomeil, adjudant, officier de police judiciaire à la gendarmerie de Valbert

Il avait bien essayé d'insister, mais il avait rapidement rétropédalé. Il avait compris qu'il ne tirerait rien de plus de

---

3 **hésiter** zögern – 9 **acquiescer** faire oui de la tête – 15 **ailleurs** woanders –
29 **rétropédaler** faire marche arrière en vélo, *ici* : arrêter

Mona. Elle s'était refermée sur elle-même. Il connaissait cet air buté qu'il avait maintes fois vu sur le visage de Chloé, sa propre fille. Mais Mona, c'était une autre paire de manches...

Chomeil ne voulait pas braquer la médiatrice, pas plus que la psychologue. Il n'avait pas envie qu'elles lui interdisent de revenir. Elles en avaient le pouvoir, et il le savait. Elles pouvaient exiger qu'un autre fonctionnaire de police interroge Mona.

Il avait demandé à voir le docteur Richter, qui l'avait reçu le lendemain dans son bureau.

Une vague odeur de tabac pour pipe s'attardait sur la blouse du psychiatre. Qui fume encore la pipe ? avait pensé Chomeil.

Richter l'avait accueilli plutôt froidement.

– Je n'ai pas beaucoup de temps à vous accorder, avait-il prévenu en jetant un regard sur la pendule accrochée au-dessus de la porte d'entrée de son bureau. J'ai une consultation dans dix minutes et de toute façon, je suis bloqué, avec Mona. Elle ne veut plus me parler.

Chomeil l'avait rassuré, cela devrait amplement suffire. Pour être honnête, il n'en savait rien. Ils avaient commenté l'impasse dans laquelle Richter se trouvait avec Mona, l'incapacité de la patiente à affronter la réalité. Tandis qu'il parlait, sans tenir aucun compte de la présence du gendarme, Richter tournait en rond dans la pièce comme un lion en cage. Chomeil n'était même pas sûr qu'il l'écoutait. Pourtant, à peine eut-il achevé son exposé que le médecin psychiatre s'immobilisa, mains derrière le dos, et se tourna vers lui.

– À mon sens, Mona refuse de voir la réalité en face. Elle a vécu plusieurs événements traumatisants, et pour pouvoir les intégrer, à sa manière, elle a décidé de les nier. C'est un mécanisme de défense. Dans son cas, c'est particulièrement

---

2 **buté** trotzig – 2 **maintes fois** plusieurs fois – 3 **c'est une autre paire de manches** *expr fam* c'est un problème plus compliqué – 4 **braquer qn** jdn gegen sich aufbringen – 7 **un(e) fonctionnaire** Beamter, Beamtin – 14 **une pendule** Wanduhr – 18 **suffire amplement** völlig ausreichen – 19 **une impasse** Sackgasse (*ici : fig*) – 24 **achever** terminen – 29 **nier qc** etw leugnen

complexe, mais cela me semble aussi évident. Quand je l'ai
reçue dans mon bureau, j'ai été surpris, je dois l'avouer. Je
m'attendais à un cas comme j'en ai beaucoup connu : viols,
incestes, brutalités que la mémoire efface, parce que, sinon,
5 c'est insupportable pour ceux – et ce sont bien plus souvent
celles – qui les ont subis. Mais le déni peut se manifester sous
bien des formes. On peut refuser d'admettre une conduite
addictive, le harcèlement dont on est victime, ou bien des
problèmes d'argent auxquels on échappe ainsi, parce qu'on ne
10 peut les résoudre.

– Donc, Mona refuse d'admettre la réalité pour se protéger,
c'est ça ?

La veille, Fabien Richter avait une nouvelle fois parcouru le
dossier de Mona transmis par la protection de l'enfance et le
15 rapport de l'assistante sociale qui s'était occupée d'elle à
Vimoutiers.

Il avait regardé Chomeil par-dessous ses lunettes.

– Absolument. Dans le cas de Mona, le mécanisme de
défense a joué à fond, principalement en raison de son
20 acharnement à garder son petit frère auprès d'elle, à le protéger
pour qu'il ne vive pas à son tour ce qu'elle avait vécu. Mais aussi
parce que Mona a grandi avec le déni, à cause du deuil subi
dans sa petite enfance. Elle a complètement refoulé le suicide
de son père, elle a même réécrit ce traumatisme, puisqu'elle l'a
25 transformé en un acte héroïque.

– Qu'est-ce qu'on p... p... peut faire ? avait demandé Chomeil.

Le temps pressait. D'une heure à l'autre, l'ASE pouvait
téléphoner pour annoncer qu'une famille d'accueil avait été
trouvée. Alors, Mona sortirait de l'hôpital sans que personne
30 sache au juste ce qui était arrivé dans cette maison de Saint-
Guillaume.

---

3 **un viol** Vergewaltigung – 6 **subir qc** etw erleiden – 6 **le déni (de réalité)** (Realitäts)
Verweigerung – 7 **une conduite** un comportement – 8 **addictif** Sucht- – 10 **résoudre**
lösen – 13 **la veille** am Vortag – 20 **l'acharnement** *m* Hartnäckigkeit → s'acharner à
faire qc – 22 **le deuil** Trauer – 23 **refouler** *ici :* verdrängen – 27 **le temps presse** il faut
faire vite

Fabien Richter dut sentir l'embarras de Chomeil, l'urgence, dans sa voix, et probablement l'ébauche du bégaiement provoqué par la fatigue.

– Il se peut que vous et moi, chacun à notre façon, ayons
5 réussi à fissurer le mur que Mona Lecouvreur a érigé entre elle et la réalité. Il se peut qu'il ne demande plus qu'à s'écrouler. Je suis persuadé qu'au fond d'elle-même, une voix appelle à l'aide. Mais elle ne nous parlera plus, ni à vous ni à moi. Ma consœur, Marie-Hélène Deschamps, qui a assisté à votre entretien avec
10 Mona, est une excellente psychologue clinicienne. Lors de la réunion que nous avons eue à la suite de votre intervention, elle s'est dit prête à nous relayer. Elle va prendre le temps qu'il faut.

Il regagna son bureau et décrocha le téléphone.
15 – Marie-Hélène ? Tu finis à quelle heure ?... Ah bon. Tant pis, alors. Tu pourrais la revoir ?... Vite, oui. Le temps presse, dès que l'ASE lui aura trouvé une famille, on devra la laisser sortir... Quand ? Lundi ? Bon, croisons les doigts. OK. Merci.

Richter raccrocha.
20 – Nous sommes vendredi, on ne peut pas faire grand-chose de plus aujourd'hui. Elle la verra en consultation lundi matin à neuf heures, en priorité.

– Elle a une chance ?

Le psychiatre considéra Chomeil en secouant la tête.
25 – Si quelqu'un a une chance, c'est elle. Mais on ne sait jamais. Mona peut rester cloîtrée dans son déni pendant des jours, des semaines, des mois, des années ou même toute sa vie. Ou bien craquer dans une heure. J'espère que madame Traoré sera disponible, je vais la prévenir. Sa présence est indispensable.
30 Chomeil n'était pas croyant. Mais en son for intérieur, il pria pour que la psychologue parvienne à établir un lien. Pour qu'enfin, le mystère soit levé.

---

1 **l'embarras** la gêne (Verlegenheit) – 2 **une ébauche** *ici :* un début – 2 **un bégaiement** Stottern – 5 **fissurer qc** Risse in etw verursachen – 5 **ériger** construire – 6 **s'écrouler** einstürzen – 18 **croiser les doigts** *mpl* die Daumen drücken – 26 **cloîtré** eingesperrt *(ici : fig)* – 30 **en son for intérieur** in seinem/ihrem tiefsten Inneren – 31 **parvenir** réussir – 31 **établir** créer

Marie-Hélène Deschamps, psychologue clinicienne pour enfants et adolescents

L'ASE n'avait toujours pas réussi à trouver une famille d'accueil pour Mona. Une semaine qu'elle était là. Plus que
5 quelques jours et elle serait transférée dans un centre d'accueil pour mineurs en difficulté à Ceton, dans l'Orne.

Quand Marie-Hélène Deschamps a frappé tout doucement, personne n'a répondu. Richter et elle s'étaient longuement entretenus la veille. Il fallait prévenir Mona.

10 Elle était recroquevillée sur une chaise tournée vers la fenêtre, prostrée, les yeux dans le vague, ses jambes repliées sous elle. Marie-Hélène Deschamps a détaillé ses cheveux graisseux, ses épaules tombantes.

– Mona ? a-t-elle dit tout bas.

15 L'adolescente n'a pas répondu. Elle n'avait peut-être même pas entendu.

C'était le même rituel : depuis le premier jour, Fouzia Traoré entrait à son tour, sur la pointe des pieds, si doucement que Deschamps ne l'entendait jamais arriver.

20 Contournant la psychologue, elle s'est avancée vers Mona, lui a saisi les épaules très doucement et a chuchoté :

– Mona ? Tu veux bien venir avec nous ?

Comme les matins précédents, Mona n'a opposé aucune résistance. Quand la médiatrice l'a levée, elle s'est laissé faire
25 et elles se sont avancées en patinant sur le lino du couloir, la jeune fille guidée par Fouzia Traoré, Deschamps suivant le tandem à l'équilibre fragile sous les néons.

La main droite de la médiatrice a lâché Mona pour ouvrir une porte qui donnait sur un petit salon, meublé d'une table
30 basse entourée de quatre fauteuils aux coussins de toile orange.

---

10 **recroquevillé** zusammengekauert – 11 **prostré** niedergeschlagen – 13 **graisseux** fett – 25 **patiner** *ici :* avancer en glissant par terre – 25 **le lino** *abrév de* linoléum (Fußbodenbelag)

En dehors de ces quelques meubles, la pièce était nue, à l'exception d'un immense poster représentant une forêt en automne. Fouzia Traoré a aidé Mona à s'asseoir et elle est allée se poser sur le fauteuil le plus éloigné de la jeune fille.
5 Deschamps a pensé, comme chaque jour, qu'elle connaissait la musique, qu'elle était une bonne professionnelle.

Elle-même s'est assise en face de Mona qui fixait obstinément ses pieds. Elle a répété « Mona ? » sans obtenir plus de réponse que d'habitude.

10 Le regard de Deschamps a croisé celui de Traoré. Mona n'avait plus parlé après l'entretien avec Richter et l'inter- rogatoire mené par Chomeil, refusant même d'être dans la même pièce qu'eux. Pourtant, devant Deschamps, malgré son mutisme buté, elle restait calme, à l'écoute. Elle n'attendait
15 qu'une chose, une seule. Deschamps le savait, et l'assistante sociale également.

Fouzia Traoré a lentement abaissé les paupières. Sans élever la voix, Deschamps a répété :

– Mona ?

20 L'adolescente a levé les yeux vers elle. Dans l'attente.

– Ton petit frère va bien. Il mange avec appétit, et il ne se réveille plus la nuit. Par contre, il demande toujours où tu es. Il répète « Mona, Mona... ». Tu sais, je suis vraiment admirative de la manière dont tu t'es occupée de ton petit frère. Il est
25 équilibré, il joue, il rit... Il est en parfaite santé.

Pour la première fois, Mona a réagi. À peine. Elle a vaguement haussé les épaules. Une minuscule larme a perlé au coin de sa paupière, qu'elle a immédiatement écrasée d'un poing rageur. Deschamps et Traoré ont échangé un regard complice.

30 – Et j'ai une autre bonne nouvelle pour toi, a poursuivi la psychologue.

---

1 **nu** nackig *ici : fig* sans décoration – 14 **le mutisme** le fait de ne rien dire (Schweigen) – 14 **buté** trotzig – 28 **écraser qc** *ici :* wegwischen – 28 **un poing** Faust – 28 **rageur, se** plein de colère

Cette fois, Mona a carrément fait volte-face. Deschamps était restée tranquillement assise sur son fauteuil. De son côté, Traoré est demeurée impassible. Elle n'avait apparemment pas encore décidé de la façon dont elle allait arbitrer le face-à-face, auquel elle pouvait mettre fin à tout moment. Deschamps comprenait. Elle savait pertinemment qu'intérieurement, la médiatrice devait bouillir, tout comme elle-même. Il était parfois si difficile de ne rien laisser paraître...

– C'est quoi, votre bonne nouvelle ?

Enfin, elle parlait ! Elle avait mordu à l'appât. Deschamps n'a pas répondu tout de suite. Elle s'est contentée de sourire. Tout dépendrait des minutes suivantes.

– Fouzia ? Vous pouvez nous laisser ?

La médiatrice a froncé les sourcils, hésitante. La psychologue n'était pas policière, c'était un membre du personnel soignant. Si elle avait le pouvoir de s'interposer entre Mona et Marie-Hélène Deschamps pour protéger Mona, Fouzia Traoré devait aussi tenir compte du fait que la praticienne était également là pour ces mêmes raisons, et qu'elle aussi pouvait s'opposer à sa présence. Les deux femmes se sont jaugées. Ni l'une ni l'autre n'avaient manifestement à gagner à un affrontement, à une bataille de territoire. Traoré s'est légèrement soulevée du siège, comme si elle venait de se souvenir de quelque chose :

– Mona ? Je dois passer un coup de fil. Je reviens dans quelques minutes.

Comme Mona ne réagissait pas, ne quittant pas Deschamps des yeux, elle s'est finalement levée pour sortir, laissant l'adolescente et la psychologue en tête à tête. Deschamps s'est levée à son tour, elle est venue s'asseoir juste à côté de Mona. Elle a souri, a écouté la respiration de l'adolescente. Elle pouvait sentir l'odeur de transpiration qui imprégnait ses vêtements.

---

1 **faire volte-face** se retourner – 3 **impassible** qui ne montre aucune émotion – 4 **arbitrer qc** bei etw schlichten – 6 **savoir pertinemment** [pɛʁtinamɑ̃] *expr* être persuadé (sich sicher sein) – 7 **bouillir** kochen – 10 **mordre à l'appât** *m* anbeißen – 20 **se jauger (du regard)** s'observer (sich gegenseitg einschätzen/beobachten) – 21 **manifestement** de façon évidente (ganz eindeutig) – 24 **passer un coup de fil** *fam* téléphoner à qn – 31 **la transpiration** Schweiß

La veille au soir, Richter avait reçu un appel de Chomeil. Le gendarme s'était excusé de ne pas l'avoir informé plus tôt. Il avait fallu vérifier, se déplacer à Flers. Et après, s'occuper de la paperasse. Aussitôt qu'il avait raccroché, le psychiatre avait immédiatement prévenu la psychologue.

Un mur lézardé pouvait céder sous un coup de boutoir, un choc ultime. Mais s'il tenait bon...

Deschamps a hésité. Enfin, elle s'est lancée.

Tout doucement, elle a dit :

– On a retrouvé ta mère.

Cette fois, les épaules de Mona se sont affaissées. Elle a murmuré :

– Vous avez trouvé Solène, alors ? Où elle avait mis le corps, cette pute ?

À nouveau, Deschamps a marqué un long temps d'arrêt. Mona a tourné la tête vers elle. Manifestement, elle attendait la suite. Deschamps avait à présent toute son attention. Encouragée, elle s'est décidée à poursuivre :

– Mona, nous avons retrouvé ta mère. Vivante. À l'autre bout du département. Elle habite à Montsecret.

Mona a ricané.

– Vivante ? C'est n'importe quoi ! À Montsecret ? Sérieux, vous auriez pas pu trouver mieux, comme nom ? Genre, on l'a retrouvée à « Zombiland » ? Vous me prenez pour une conne ? C'est quoi, cette embrouille ?

Marie-Hélène Deschamps a ramené ses cheveux en chignon derrière sa tête d'un geste machinal, une manière à elle de se donner le temps de la réflexion. Elle-même avait bien noté la cruelle ironie de ce nom. C'était pourtant bien celui de la petite commune de l'Orne où Christelle Chevalier était allée se cacher après avoir abandonné ses deux enfants, et où les gendarmes de Flers l'avaient arrêtée quelques jours plus tôt.

---

6 **lézardé** rissig – 6 **céder** *ici :* se casser – 6 **un coup de boutoir** une attaque, une offensive – 11 **s'affaisser** sich senken – 21 **ricaner** rire de façon sarcastique

Deschamps espérait ramener sa patiente à la réalité avec des détails concrets. Pas certain qu'elle en obtienne beaucoup plus, mais ça valait la peine d'essayer. Si ça ne marchait pas, alors, elle le savait, ça prendrait probablement des semaines, voire
5   des mois avant d'enregistrer le moindre progrès. Tout dépendait de la profondeur à laquelle le déni était ancré, mais aussi de l'urgence dans laquelle se trouvait Mona d'accepter un soutien pour récupérer son frère. Si elle était prête à tout pour ça, et elle l'avait montré au-delà de l'imaginable, alors, oui, si ça
10 pouvait lui ramener Justin, elle sortirait peut-être du déni.
   – Mona ? Tu ne peux pas continuer comme ça. Tu ne veux pas être séparée de ton frère, n'est-ce pas ?
   Elle a haussé les épaules.
   – Ils me l'ont déjà pris, de toute façon.
15 – Tu pourrais le récupérer.
   Mona s'est redressée et s'est tournée vers la psychologue.
   – Comment ça ?
   – Pas tout de suite, bien sûr. Mais tu auras bientôt dix-huit ans. Tu pourrais obtenir la garde. Si les rapports sont favorables.
20 Il y a une chance. Elle est mince, mais...
   – C'est vrai ?
   Deschamps ne pouvait pas dire non. C'était vrai. Peu probable, mais vrai. Elle a poussé son avantage :
   – Mona, te souviens-tu avoir rencontré un problème avec la
25 banque, il y a quelque temps ?
   – Si je me souviens ? Ces enfoirés de la Caf avaient oublié de nous virer l'argent, on s'est retrouvés à découvert ! Si je les avais pas secoués...
   – Te souviens-tu de ce que t'a dit la Caf à ce moment-là?
30 Elle a hésité. Elle s'est mordu les lèvres.
   – Je sais plus... Que c'était une erreur de l'ordi. C'est toujours la faute à l'ordinateur, avec eux.
   – Te souviens-tu de quel type d'erreur il s'agissait ?

---

6 **la profondeur** Tiefe – 7 **un soutien** une aide – 23 **pousser** *ici :* ausbauen –
27 **à découvert** im Soll – 28 **secouer** schütteln

Elle a encore hésité. Un peu plus longtemps, cette fois.

– Ils… ils avaient viré la thune à quelqu'un d'autre.

– T'ont-ils dit le nom de cette personne ?

Un nouveau silence s'est installé, plus long encore, plus lourd
5 aussi, à l'issue duquel Mona a répondu dans un murmure :

– Ils ont pas le droit de le dire.

– Tu as raison, Mona, ils n'ont pas le droit, mais dans ce cas,
ils avaient besoin de te le dire, pour une raison bien précise. Te
souviens-tu de cette raison ?

10 Cette fois, très peu de temps s'est écoulé avant qu'elle ne
réagisse :

– Non, je me rappelle pas.

– Veux-tu que je te le dise ?

Deschamps devait reconnaître ça à Mona, si on la mettait au
15 défi, elle relèverait toujours le gant. C'était même une partie de
son problème, et une fois de plus, elle n'a pas résisté :

– Ben, allez-y, pour voir.

– L'argent avait été viré à une certaine Christelle Chevalier.
Après tes dénégations, les services de la Caf ont vérifié. Ils ont
20 d'abord pensé qu'il y avait deux personnes qui portaient le
même nom. C'était possible, après tout. Mais le fait que ces
deux personnes aient aussi le même numéro de sécurité sociale
était impossible. Ils ont alors pensé, effectivement, à une erreur
informatique. Avant de s'apercevoir qu'en fait, il s'agissait bien
25 de la même personne. L'histoire aurait explosé bien plus tôt au
grand jour si la préposée en charge du dossier n'était pas
subitement tombée gravement malade sans avoir eu le temps
de signaler l'anomalie. Ces choses-là arrivent parfois. Même si,
généralement, et c'est ce qui serait inévitablement arrivé, le
30 système finit par lancer des alertes. Mais dans le cas qui nous
occupe, inexplicablement, l'aide a continué à être versée en
double pendant quelque temps, jusqu'à ce que la commission

---

2 **la thune** *fam* l'argent – 5 **l'issue** *f ici :* la fin – 14 **mettre qn au défi** jdn herausfordern – 15 **relever le gant** (/ **le défi**) die Herausforderung annehmen – 19 **une dénégation** Abstreiten – 26 **un(e) préposé(e)** Angestellte(r) – 29 **inévitablement** sûrement, de toute façon

rogatoire délivrée par le procureur autorise l'ouverture d'une enquête et que, très rapidement, ce dysfonctionnement permette aux services de gendarmerie de mettre la main sur ta mère. Elle n'a pas été très maligne...

5   Elle s'est interrompue pour être sûre que Mona continuait à l'écouter. L'adolescente n'a pas bronché.

– Elle aurait au moins pu changer de département, et même de région... Elle a travaillé un peu, au début, c'est pour ça que les aides ont failli s'arrêter. Parce qu'elle avait des revenus. Elle
10 avait trouvé un poste de manutentionnaire dans une usine de bottes en caoutchouc. Mais elle a vite abandonné. Elle n'avait plus assez d'endurance physique pour ce travail. On l'a retrouvée en situation de détresse financière totale. Elle est aussi en très mauvaise santé. Elle souffre d'un emphysème
15 prononcé à cause du tabac, et elle est atteinte d'une addiction aux jeux à gratter.

Mona baissait la tête. Une fois de plus, elle semblait ne rien avoir entendu de ce que lui racontait Deschamps. Enfin, au bout d'un long, très long moment, elle a murmuré, comme pour
20 elle-même :

– Elle est atteinte d'une addiction aux jeux à gratter.

Elle a regardé la psychologue, les yeux pleins de larmes :

– Apprenez-moi un truc que je sais pas déjà...

Marie-Hélène Deschamps a esquissé un sourire empreint de
25 bienveillance. Elle avait gagné son pari. Elle était parvenue à ramener Mona dans le monde réel.

---

4 **malin, maligne** intelligent – 6 **ne pas broncher** *ici :* ne pas réagir – 10 **un(e) manutentionnaire** Lagerist(in) – 12 **l'endurance** *f* l'énergie (Durchhaltevermögen) – 13 **la détresse** *ici :* Not – 14 **un emphysème** une maladie du *poumon* (Lunge) – 25 **la bienveillance** la compréhension, la gentillesse (Wohlwollen) – 25 **un pari** Wette – 13 **digérer qc verdauen** *ici :* verarbeiten, mit etwas fertig werden

Julien Chomeil, adjudant, officier de police judiciaire à la gendarmerie de Valbert

Marie-Hélène Deschamps était arrivée à faire sortir Mona de son déni, partiellement et pour un temps, au moins. L'ASE lui
5 avait enfin trouvé une famille d'accueil pas trop éloignée de Saint-Guillaume et de Ceton où son petit frère avait été placé dans une autre famille, pas très loin du centre d'accueil pour mineurs en difficulté. Aux dernières nouvelles, elle allait bien. Enfin, pour autant que ça puisse être possible, avait expliqué
10 Fabien Richter au téléphone :
– Effectivement, Mona ne vit plus dans son monde d'illusions. Mais ce n'est pas forcément une bonne chose. Pas dans l'immédiat, en tout cas. Il va falloir qu'elle digère la réalité. En l'occurrence, l'insupportable réalité d'avoir été abandonnée par
15 une mère immature. Elle était en quelque sorte devenue la mère de sa mère, elle s'est occupée d'elle, elle l'a protégée, dans des conditions épouvantables, au sein d'une famille dysfonctionnelle en situation de grande pauvreté. Et toute la reconnaissance qu'elle en a retirée a été l'abandon. Elle aurait
20 sans doute préféré voir sa mère morte. Et c'est justement cette fiction-là qu'elle a mise en place. Le problème, c'est que nous ne maîtrisons pas toujours les scénarios que nous inventons. C'est un mécanisme inconscient. On ne peut pas exiger d'une personne qu'elle sorte de son déni, puisqu'elle ne choisit pas.
25 C'est donc elle qui décide au final d'intégrer peu à peu des morceaux de la réalité, à son rythme et en apprenant à vivre avec. C'est un processus qui demande parfois beaucoup de temps. Mona vient d'entrouvrir les yeux, mais le chemin sera long. Elle semble avoir accepté que sa mère n'était pas morte,
30 ce qui lui avait été moins douloureux que l'imaginer vivante,

---

14 **en l'occurrence** f dans ce cas (in dem Fall) – 15 **immature** unreif – 17 **épouvantable** horrible – 17 **au sein de qc** dans qc – 23 **exiger de qn que** + *subj* von jdm verlangen, dass – 28 **entrouvrir** ouvrir un petit peu – 30 **douloureux → la douleur** Schmerz

loin d'elle et de son frère. Il lui reste à renoncer à l'existence de Solène, ce qu'elle refuse toujours de faire.

Chomeil avait raccroché, pensif.

Mona avait veillé sur sa mère, elle avait protégé son petit
5 frère, mais qui avait veillé sur elle ? Il lui avait fallu inventer Solène. Richter avait détaillé le processus de l'ami imaginaire, un syndrome bien connu des psychologues. Et de Chomeil lui-même. Enfant, vers neuf ans, il avait eu, lui aussi, un ami imaginaire. Comme la Solène de Mona, il était roux et ses
10 yeux étaient verts. Il l'avait appelé Roman. Avec le recul, il comprenait qu'il se l'était inventé parce que son grand frère avait arrêté de jouer avec lui quand il avait découvert les filles. Et aussi parce qu'il avait ce problème de bégaiement et qu'il ne pouvait en parler à personne sans qu'on se moque de lui.
15 Alors il avait commencé à parler tout seul, et peu à peu, Roman était sorti du néant. Il s'était imaginé son apparence, sa voix. Roman avait disparu à l'adolescence, quand Julien Chomeil avait réussi à vaincre son handicap grâce à l'orthophonie, mais il ne l'avait jamais oublié. Sans doute était-ce la raison pour
20 laquelle il avait compris que Solène était une amie imaginaire, qu'elle n'existait pas en dehors de l'imagination de Mona.

Beaucoup d'enfants en avaient, avait confirmé Richter. Plus rarement les adolescents. Souvent, ils n'en parlaient pas, par crainte des critiques. Ces amis imaginaires agissaient comme
25 des protecteurs, ils représentaient les craintes, les angoisses.

– Rappelez-vous, quand vous étiez enfant et que vous jouiez à la dînette. Vous invitiez autour de la table votre ours en peluche, votre poupée et je ne sais qui encore, et vous aviez de longues conversations avec tout ce petit monde. Eh bien, c'est
30 un peu la même chose, simplement, les frontières entre le réel et l'imaginaire deviennent plus floues. J'ai eu une patiente

---

1 **renoncer à qc** auf etw verzichten – 4 **veiller sur qn** auf jdn aufpassen – 10 **le recul** la distance, *ici :* le temps – 13 **le bégaiement** Stottern – 16 **le néant** Nichts – 18 **vaincre qc/qn** gagner contre qc/qn – 18 **l'orthophonie** f Logopädie – 24 **la crainte** la peur – 27 **jouer à la dînette** jouer à faire la cuisine avec de la petite vaisselle – 31 **flou** ≠ clair

comme Mona, il y a quelques années. Elle avait quinze ans quand Clémence a fait irruption dans sa vie. Clémence n'existait pas, mais cette patiente passait ses soirées à converser avec elle. L'ami imaginaire est aussi un conseiller moral,
5 toujours disponible pour soi, et uniquement pour soi, quelles que soient les circonstances. Il protège, rassure, accompagne et permet de puiser en soi les ressources nécessaires pour faire face aux situations de crise. Se créer un ami imaginaire peut être une preuve de volonté et de créativité. Parfois, ils ne
10 disparaissent jamais, ça dure toute la vie. Ou pas. Je suis en tout cas certain d'une chose. Solène n'a pas fini d'accompagner et de protéger Mona, avait conclu le psychiatre avant que Chomeil le remercie et raccroche.

C'était ça, au fond, le vrai drame, pensa Chomeil. Mona était
15 une fille très intelligente, très déterminée. Mais absolument seule. Elle n'avait ni amies filles ni petit copain, pas même un animal de compagnie. Et surtout, elle ne connaissait aucun adulte en qui elle ait assez confiance pour lui demander de l'aide. Il n'était donc pas du tout illogique qu'elle ait développé
20 ce syndrome. Il l'avait probablement sauvée. Sans Solène, elle aurait sombré. En réalité, et c'est ce que soulignerait son rapport sur Mona, si elle ne s'était pas fait arrêter pour avoir grillé ce stop, peut-être serait-elle parvenue à ses fins. Qui sait ce qui se serait passé, alors ? Richter, lui, pensait qu'elle aurait
25 fini par aller ouvrir le congélateur et qu'elle se serait réveillée de son déni. Chomeil n'en était pas si sûr. Peut-être que Solène lui aurait expliqué ? Peut-être qu'alors, elle aurait cherché et trouvé un travail, même précaire, qui lui aurait permis d'élever Justin, ou qu'elle aurait fini par signaler que leur mère les avait
30 abandonnés. Mais il n'en avait pas été ainsi.

---

2 **faire irruption** f apparaître tout à coup – 5 **disponible** verfügbar – 7 **puiser** schöpfen – 7 **les ressources** fpl ici : la force, l'énergie – 15 **déterminé** entschlossen – 21 **sombrer** ici : den Boden unter den Füßen verlieren – 23 **parvenir à ses fins** fpl atteindre son but (sein Ziel erreichen) – 28 **précaire** unsicher

Audition de Christelle Chevalier

13 avril 2019. Audition de Mme Christelle Chevalier.

Christelle Chevalier, quarante ans, comparaît ce jour à 9 h30
devant nous, Pierrette Roland, juge d'instruction à Alençon,
5 *Orne, assistée de son avocat, maître Bernard Chailloux, agissant*
pro bono…

    « En premier, j'ai pensé les tuer tous les deux. J'y ai vraiment
pensé. J'en pouvais plus, je vous jure. Je me serais tuée après.
J'y arrivais plus. On a dégringolé pour de bon après la naissance
10 du deuxième. Et puis, Mona, j'en pouvais franchement plus non
plus. Dieu sait si je l'aime, ma grande puce. Mais vous savez ce
que c'est, avec les ados. En plus, elle, elle a jamais été facile.
Déjà, toute petite, elle refusait le sein. Comme si mon lait avait
été amer. Et pourtant, je pouvais pas la laisser sans qu'elle se
15 mette à hurler. C'était l'enfer à la maison. Elle a jamais supporté
la solitude, cette gamine. Jamais. Si je devais aller quelque part,
elle me faisait des crises épouvantables, fallait que je l'emmène
partout, elle suppliait, elle se mettait en colère. C'était comme
un boulet pour moi, depuis toute petite. À mon avis, c'est la
20 mort de son père. Elle a pas supporté. Et quand elle a fini par
apprendre que c'était un suicide par sa grand-mère, à Dreux,
elle a disjoncté. Elle a jamais voulu l'accepter. C'est de là que
tout est parti, quand elle a inventé cette histoire d'accident. Elle
a jamais voulu accepter que son père nous ait abandonnées,
25 elle et moi. Et moi, je m'en suis jamais remise. Je lui pardonne
pas, à mon mari, d'avoir fait ça, c'est sûr. Elle l'adorait. Notez
que moi aussi, hein. Bref, ça fait que j'ai plus jamais adressé la
parole à ma mère, tellement je lui en ai voulu d'avoir raconté

---

3 **comparaître** erscheinen – 4 **un(e) juge d'instruction** Untersuchungsrichter(in) –
5 **un(e) avocat(e)** Rechtsanwalt(-anwältin) – 6 **pro bono** bénévolement, gratuitement –
7 **tuer** töten – 9 **dégringoler** tomber de plus en plus bas (*ici : fig*) – 11 **ma grande puce**
meine große Kleine – 13 **le sein** Brust – 14 **amer, amère** bitter – 15 **l'enfer** *m*
Hölle – 15 **supporter** *ici :* vertragen, verkraften – 19 **un boulet** Last – 22 **disjoncter** *ici :*
fig ausrasten – 25 **se remettre de qc** sich von etw erholen – 28 **tellement** *ici :* so sehr

ça à Mona. Et c'est dommage, parce que c'était la seule famille qui nous restait. Après ça, on a plus été que nous deux. Et elle m'a encore plus collée. Chaque fois que je devais m'absenter, je me sentais terriblement coupable. Et je lui en voulais pour
5   ça. Et le fait que je pouvais rien y faire aggravait encore les choses, je suppose. J'avais beau l'aimer de toutes mes forces, faire tout ce que je pouvais, je devrais pas vous dire ça, je sais, mais par moments, je pouvais plus la voir en peinture. Avec ça, après qu'elle a eu ses règles, on pouvait plus rien lui dire. En
10 grandissant, elle supportait personne, à part moi. Oh, elle avait des moments où elle était bien quand même. Comme je restais beaucoup à la maison, elle était contente. Et quand je lui ai appris à conduire. Elle m'a regardée comme si j'étais Dieu le père. J'étais le centre du monde, parole. Mais suffisait que je
15 doive aller à Pôle emploi ou à la Caf pour un rendez-vous, et là, misère ! J'étais plus qu'une merde. L'abandon, Mona, c'est le truc qu'elle supportait pas. La faute à son père. J'pouvais plus rien faire sans qu'elle me fasse une crise. Et quand le petit est arrivé... elle a pas voulu le lâcher. J'ai été une mauvaise mère.
20 J'aurais jamais dû partir comme ça, c'est vrai. La laisser, y avait pas un pire truc que je pouvais lui faire. Si vous saviez comme je regrette de lui avoir fait du mal. Elle et mon petit Justin... Oh, merci, pour le mouchoir. Excusez-moi, je peux pas m'empêcher de pleurer... Oui, c'est vrai, vous avez raison. Entre Mona et moi,
25 c'était trop fusionnel. Mais elle piquait des colères terribles, vous savez. Une fois, j'avais trouvé un petit boulot de caissière au Super U, elle m'a fait toute une scène, soi-disant que je dépensais ce que je gagnais en essence et en garagiste, et qu'on pouvait pas se permettre de perdre la voiture pourrie qu'on
30 avait ! Bon, j'ai jamais été très douée pour les comptes, faut dire. Après tout, elle avait peut-être raison, qu'est-ce que j'en sais,

---

4 **coupable** schuldig – 4 **en vouloir à qn** auf jdn sauer sein – 5 **aggraver les choses** rendre les choses plus graves – 8 **ne plus pouvoir voir qn en peinture** *expr* ne plus *supporter* (vertragen) la présence de qn – 25 **fusionnel** symbiotisch – 27 **soi-disant que** angeblich – 28 **l'essence** *f* Benzin – 29 **se permettre** *ici :* sich leisten – 30 **doué** talentueux

moi ? N'empêche que j'ai été obligée d'arrêter de travailler. Des fois, elle se mettait en tête de tout commander chez nous. Je me souviens d'un jour où on s'est bien pris la tête. Elle avait tout bougé. Si, je vous jure. Elle avait enlevé les coussins du
5 canapé, elle avait mis les chaises sur la table de la salle à manger. J'ai retrouvé les draps roulés en boule par terre, elle avait retourné le matelas... Elle m'a dit qu'elle était en train de faire le ménage parce que ma chambre et puis toute la maison étaient immondes. Immondes ! Vous y croyez, vous ? Pourtant,
10 je nettoie. Enfin... pas assez pour elle, faut croire. Mais ça, ça prouve. Mona, elle pouvait être menteuse, aussi. Cette histoire de ménage – je vais parler plus bas, je voudrais pas qu'on m'entende –, elle se racontait des histoires. Et puis, elle changeait en fonction de qui elle avait en face d'elle. Avec moi,
15 c'était pas compliqué, c'était Mona la possessive. Avec les étrangers, c'était un glaçon. Et avec son petit frère, on aurait cru que c'était elle, la mère ! Alors, cette histoire d'amie imaginaire, ça m'étonne pas d'elle. Et qu'elle a grillé un stop avec Justin à l'arrière, je suis pas surprise non plus. Des fois,
20 quand elle était vraiment en rogne, elle hurlait que je la laissais parce qu'elle était qu'une merde. Elle supporte rien, Mona, et surtout quand quelque chose marche pas comme elle veut. Par moments, je me demande si elle est pas folle. Ben maintenant, madame la juge, on a la réponse, pas vrai ? J'ai parlé avec mon
25 avocat. N'est-ce pas, maître, que c'est vrai, vous pouvez lui dire, à madame la juge ! Je savais même pas que j'avais droit à un avocat gratuit. J'aurais jamais eu les moyens. Y dit que j'ai encore le droit parental. Je sais bien que ce que j'ai fait, c'est mal, et puis je regrette vraiment. Vraiment, vraiment. Mais
30 maintenant, ça va. Si si, ça va mieux. Et je suis bien décidée à les récupérer tous les deux. Maît' Chailloux, y dit que je peux y arriver, hein, maître, que vous me l'avez dit ? Et que je peux

---

1 **n'empêche que** *fam* immerhin – 3 **se prendre la tête** *fam* se disputer – 9 **immonde** dégoûtant, très sale (widerwärtig) – 13 **se raconter des histoires** *expr* sich in die eigene Tasche lügen – 15 **possessif, -ve** besitzergreifend – 16 **un glaçon** *ici : fig* Eisberg – 20 **en rogne** *f* en colère *f*

demander des visites où je serai pas toute seule. Oui ? Comment vous dites ? Médiatisées, oui, c'est ça qu'il dit aussi. Ça veut dire qu'il y aura quelqu'un avec nous tout le temps, c'est ça ? Mais... je veux dire... Et si Mona, elle veut pas ? Si elle
5 m'en veut tellement qu'elle veut plus me voir ?... Ah ? Elle peut pas refuser ? Je sais pas comment elle va prendre ça. Elle supporte pas l'autorité. La vache, c'est trop chauffé, ici. Je crève de chaleur ! Je pourrais avoir un verre d'eau ?... Merci. Mais, dites, on va faire comment, pour les visites ? Je suis à Flers et
10 eux, y sont dans le sud du département. Ah, y a des taxis qui vont les amener ? Mais ça coûte une fortune !... Ah, c'est pris en charge ? Bon, alors... Qu'est-ce qu'on ferait, à la campagne, sans les taxis, hein ? Merci, madame la juge. Vraiment, merci. Si, je vous jure, je suis soulagée. Quoi, qu'est-ce que vous dites ?
15 Ben oui, quand même, je suis pas idiote. Je sais bien qu'y va y avoir un procès. Il m'a dit, maît' Chailloux. Délaissement de mineur de moins de quinze ans ? Mais Mona, elle a plus ! Oui, c'est vrai, y a Justin. Quoi ! Sept ans de prison et cent mille euros d'amende ? Et où vous voulez que j'aille les chercher, moi ? Je
20 gagnerai même pas ça dans une vie ! Ben oui, je sais bien. Mais quand même. De toute façon, je vais me battre. Je l'ai dit à maît' Chailloux. Je veux les récupérer tous les deux et qu'on reparte à zéro. Mona, je lui fais confiance, au fond. Et on s'aime. On a vécu trop de trucs, elle et moi. Elle finira par comprendre. Parce
25 que ma Mona, si y a bien une chose qu'elle est pas, c'est idiote. Elle est pas allée loin dans les études, mais elle est intelligente, ma fille. Bien plus que moi. Ça c'est sûr. J'ai pas inventé la machine à cintrer les bananes, madame la juge, mais je suis pas une mauvaise femme. J'ai juste pas eu de chance. »
30   Pierrette Roland relut la déposition de Christelle Chevalier, celle de Mona Lecouvreur recueillie par l'OPJ Chomeil, son rapport, et, enfin, ceux du psychiatre et de la psychologue.

---

7 **la vache !** *fam* o Mann! – 7 **crever** *ici : fig fam* mourir – 16 **un délaissement** *ici :* Verlassen – 27 **ne pas avoir inventé la machine à cintrer les bananes** *fpl expr* ne pas être très intelligent (**cintrer** *ici :* biegen) – 30 **une déposition** (Zeugen)Aussage

Quelques années plus tôt, la juge Roland avait été en poste dans un coin défavorisé des Vosges. Elle avait été confrontée à un cas de dissimulation du décès d'une mère, bien réel, celui-là. Les enfants, une fratrie de trois garçons âgés de huit,
5 dix et douze ans, avaient réussi à cacher la mort pendant trois semaines, puis à transporter le corps dans une grange attenante. C'était l'hiver, il gelait. Heureusement, les voisins, intrigués par le manège des gosses, avaient fini par donner l'alerte. Mais l'affaire avait duré trois bonnes semaines. La
10 magistrate n'était pas dupe. Christelle Chevalier avait été très bien conseillée par Bernard Chailloux. Elle le connaissait pour l'avoir eu face à elle lors d'affaires précédentes. C'était un excellent pénaliste. Christelle Chevalier ferait tout pour récupérer au moins la garde du petit garçon. Hélas, il y avait de
15 bonnes chances qu'elle y parvienne. Quant à Mona Lecouvreur, il était difficile, pour l'instant, de prévoir la suite.

---

2 **défavorisé** benachteiligt – 3 **une dissimulation** → **dissimuler qc** cacher qc –
3 **le décès** la mort – 4 **une fratrie** Geschwister – 6 **une grange** Scheune – 7 **attenant**
juste à côté – 7 **geler** frieren – 8 **un manège** *ici :* les actions, les agissements –
10 **un(e) magistrat(e)** *ici :* Richter(in) – 10 **ne pas être dupe** die Sache durchschauen –
13 **un(e) pénaliste** Strafrechtler(in)

8. ÉPILOGUE

Solène

Quelques mois plus tard

Salut, c'est Solène. Bon, alors voilà, je suis venue vous donner quelques nouvelles de Mona. Y a pas mal d'eau qui a coulé sous
5   les ponts depuis qu'on l'a emmenée en psychiatrie à Alençon. Elle est pas restée bien longtemps. Il leur a pas fallu des mois pour comprendre qu'elle était pas folle, qu'elle avait juste tellement mal qu'elle avait choisi de regarder ailleurs quand Christelle était partie. Mona continue à voir Deschamps. Je
10 l'aime pas, moi, cette bonne femme, mais Mona dit qu'elle lui fait du bien. Même si une fois, elle a pété un plomb, parce que Deschamps lui a parlé du suicide de son père. Elle a quand même continué à y aller. Je sais pas si elles parlent beaucoup de moi.

15   Quand elle est sortie de là, Mona s'est retrouvée dans une famille d'accueil. Si on prononce le mot, on imagine tout de suite, genre, des esclavagistes sadiques, un peu pédophiles sur les bords, comme dans les films ou les séries. Mais en vrai, ma pote aurait pas pu mieux tomber que chez Dominique et
20 Dominique. Sérieux, ils s'appellent vraiment comme ça ! C'est un super couple. Ils ont fait famille d'accueil toute leur vie. Ils en ont vu défiler, des mômes, et il y en a beaucoup qui reviennent les voir dans leur maison au bout du chemin. Lui, il a dû faire Mai 68, avec ses cheveux longs tout gris coiffés en
25 queue de cheval et ses grosses lunettes. Et puis elle, elle est tellement gentille, et toute ronde, on dirait, je sais pas moi, un pot de crème fraîche. C'est ça, elle est douce comme un pot de

---

4 **de l'eau a coulé sous les ponts** *expr* le temps a passé – 11 **péter un plomb** *fam* ausrasten, durchdrehen – 17 **un esclavagiste** Sklavenhändler

crème fraîche et elle a la peau tout aussi blanche, à part le rouge de ses joues. Elle fait tout le temps des tartes et des confitures, Mona a pris au moins cinq kilos, je vous jure ! Et ils ont des poules, aussi. Et surtout, ils nous ont fichu une paix royale. Ils
5 ont pas essayé de se mettre entre nous, ni rien, je pense qu'ils avaient été briefés avant, et bon, avec Mona, on a eu dix-huit ans, enfin, notre majorité ! Tout Nogent a parlé de nous – surtout d'elle – quand l'histoire a éclaté au grand jour, c'était même dans *L'Écho républicain*. Du coup, David Duquesne, le
10 maire de Saint-Guillaume, a fait voter par son conseil de pouvoir embaucher Mona à l'entretien de la commune, comme employée à mi-temps. Il a fallu qu'elle fasse d'abord un stage, pour apprendre un peu le jardinage, et tout ça. Et puis elle a passé une sorte d'examen pour pouvoir piloter la tondeuse
15 autotractée. En ce moment, elle prend des cours de conduite, même si je suis bien placée pour savoir qu'elle savait déjà conduire ! La commune l'a logée dans un petit appartement aménagé dans l'ancienne école, et vous savez quoi ? Elle s'est acheté un scooter. Trop drôle, non ? Quoi ? Ben oui, rouge,
20 évidemment ! Pourquoi ? Ils les font dans une autre couleur ? Bref, elle – ou plutôt on – va bien.

N'empêche, Mona, elle pense qu'à un truc, jour et nuit, nuit et jour, et c'est pour ça qu'elle s'accroche pour garder ce boulot et ce logement, et pour passer le permis : récupérer Justin. Il
25 est dans une famille, du côté de Ceton, et c'est pas gagné, moi je vous le dis. Parce qu'elle est pas la seule à le vouloir. Christelle est sur les rangs, aussi. Et pas qu'un peu. Et elle a un bon avocat. La justice, c'est pas rapide. Elle est toujours pas passée en procès, Christelle, et tant qu'elle est pas condamnée, elle a
30 encore l'autorité parentale. Du coup, elle voit régulièrement Justin, qui a deux ans maintenant, et qui parle, qui la reconnaît. D'accord, c'est des visites médiatisées, il y a toujours quelqu'un

---

4 **une poule** Henne – 4 **ficher la paix à qn** *fam* laisser qn tranquille – 11 **l'entretien** *m*
ici : Pflege – 14 **une tondeuse autotractée** selbstziehender Rasenmäher –
29 **condamné** verurteilt

avec eux, un travailleur social, mais bon, quand même. Elle est pas stupide, Christelle. Elle sait bien que ces visites, plus le fait de demander à récupérer Justin, ça l'aidera au moment du procès. Et puis aussi, on est pas connes à ce point-là, on sait
5 bien, avec Mona, que si elle réussit à reprendre Justin, elle touchera plus. Les aides, elle en a besoin, elle sait pas faire autrement, même si elle dit peut-être la vérité quand elle prétend qu'elle aime ses enfants. Moi, je veux bien la croire. Mais Mona m'écoute pas. Je sais pas si elle pourra lui pardonner
10 un jour.

Du coup, c'est tout sauf facile. Il a fallu du temps pour qu'elle obtienne aussi un droit de visite. Elle a fini par y arriver, mais c'est pareil que Christelle, il y a toujours quelqu'un avec eux. Il fait des rapports qu'il transmet à l'ASE. Heureusement, ils
15 sont positifs. Il a l'air d'être de notre côté, le gars.

Mais c'est pas tout. La Christelle, elle est tellement gonflée qu'elle a aussi demandé un droit de visite pour Mona. Bon, ça, c'était avant qu'elle ait ses dix-huit ans. Elle voulait pas, Mona, mais la juge l'a obligée. Parce que le lien parent-enfant est
20 toujours maintenu même si l'enfant veut pas et que le parent est un bourreau. C'est dingue, mais c'est vrai. Les rares fois où elles se sont vues, Mona a pas ouvert la bouche, elle l'a même pas regardée. C'était peut-être pas malin, vu qu'elle veut récupérer Justin et qu'elle a intérêt à se tenir à carreau, mais
25 elle a pas pu faire semblant. T'façon, je la vois pas en train de faire semblant. Heureusement, maintenant qu'elle est majeure, elle est plus obligée... Je pense qu'on va finir par arriver à récupérer Justin, mais quand ? Ça, j'en sais rien. Ça va être long, c'est tout ce que je sais. Faut qu'on renouvelle la demande de
30 garde auprès de l'ASE tous les ans. Quand la pile de rapports favorables sera assez haute sur le bureau de la personne chargée du dossier, on pourra reprendre Justin et l'élever.

---

6 **toucher plus** obtenir plus d'aides financières – 16 **gonflé** *ici : fam* impudent (dreist) – 21 **un bourreau** Henker *ici : fig* une personne méchante – 24 **se tenir à carreau** *expr ici :* bien se comporter – 25 **faire semblant** faire comme si – 30 **une pile** Stapel

Elle a toujours pas de copain, Mona, parce qu'elle consacre toute son énergie à Justin, mais je me dis qu'une fille en or comme ça, tôt ou tard, un gars va la remarquer. Par contre, pour gagner sa confiance, bon courage ! C'est pas son genre, à Mona,
5 de lâcher prise.

C'est rien de dire qu'elle est têtue. Têtue, c'est même son deuxième nom.

Tiens, oui, à propos de deuxième nom, je vous ai pas dit.

Il y a pas un gendarme, pas un psy qui a remarqué la chose.
10 Personne a tilté.

Pourtant, c'est dans le livret de famille, et puis sur sa carte d'identité, aussi.

Solène, c'est son troisième prénom, à Mona. Elle s'appelle Mona, Jeanine – c'était sa grand-mère – et Solène. Vous savez
15 pourquoi ? Elle est sûre de l'avoir jamais dit à Mona, mais Christelle a perdu un bébé avant elle. Elle avait fait une fausse couche. Ça aurait été une petite fille, et elle voulait absolument l'appeler Solène.

Peut-être qu'après tout, un jour, elle en a quand même parlé
20 à Mona, et puis qu'elle a oublié. Allez savoir...

Préaux-du-Perche, le 27 janvier 2020

---

1 **consacrer** widmen – 5 **lâcher prise** lockerlassen – 6 **têtu** starrsinnig – 10 **tilter** *fam* kapieren – 16 **faire une fausse couche** eine Fehlgeburt haben

Note de l'auteur

J'aurais pu situer l'intrigue de ce roman dans l'Indre, la Mayenne ou la Haute-Loire. Je n'avais hélas que l'embarras du choix. C'est donc en vain que le lecteur cherchera sur une carte le village de Saint-Guillaume ou encore le bourg de Valbert.
5 Dans le souci de ne pas stigmatiser une commune rurale en particulier, j'ai choisi de planter mon décor dans des lieux fictifs. Pour autant, ceux qui vivent au quotidien ces réalités les reconnaîtront pour ce qu'elles sont, un peu partout dans nos territoires. Pour les décrire, je me suis appuyé sur les
10 témoignages de nombreux élus locaux et d'acteurs sociaux, ainsi que sur les récits de vie des Gilets jaunes avec lesquels j'ai échangé entre les mois de décembre 2018 et de juin 2019.

---

1 **une intrigue** Handlung – 2 **l'embarras** *m* **du choix** die Qual der Wahl – 3 **en vain** inutilement (vergeblich) – 5 **stigmatiser** critiquer publiquement – 5 **rural** *ici :* situé à la campagne – 7 **pour autant** dennoch – 10 **un élu local** Kommunalpolitiker – 11 **un récit** Erzählung, Bericht

Patrick Bard © Marie-Berthe Ferrer 2019

Sur l'auteur Patrick Bard

Patrick Bard est romancier, écrivain-voyageur et photojour-
naliste. Les frontières et la question des femmes sont au centre
de son travail. Son premier roman, *La frontière*, a reçu le prix
Michel Lebrun (2002), le prix Brigada 21 (Espagne, 2005) et le
5   Prix Ancres Noires 2006. Il est l'auteur de six romans aux
éditions du Seuil. *Orphelins de sang*, sur le trafic d'enfants en
Amérique latine, a été récompensé par le Prix Sang d'encre des
lycéens 2010 et le Prix Lion noir 2011. En 2015, il a publié
Poussières d'exil (Seuil), couronné par le prix 1001 feuilles
10 noires, et *Mon neveu Jeanne* (Loco) un essai documentaire sur
la question du genre. Dans *Et mes yeux se sont fermés* (Syros,
2016), son premier roman pour les adolescents, il raconte
l'embrigadement d'une jeune fille partie faire le djihad en Syrie,
puis son retour en France. Suivront *P.O.V.* (Syros, 2018), sur la
15 question de l'addiction des jeunes à la cyberpornographie, *Le
secret de Mona* (Syros, 2020), un vibrant hommage aux plus
démunis et *Dopamine* (Syros, 2022), qui ausculte notre relation
aux écrans et aux réseaux sociaux.
© Syros

20 # Remerciements

L'auteur tient à remercier ici l'adjudant Dommée de la brigade
de gendarmerie de Nocé, ainsi que Sandrine Mini, Natalie
Beunat, Stéphanie Hoyos-Gomez et Gilberte Bourget pour leur
précieux travail éditorial.
25 Spéciale dédicace à Patrick, Sylvie, Pierre, René, Micheline et
à tous ceux du rond-point...

---

6 **le trafic** Handel – 17 **démuni** pauvre – 17 **ausculter** analyser

Liste des abréviations

≠	antonyme de
→	mot de la même famille
etw	etwas
expr	expression
f	féminin
fam	familier
fpl	féminin pluriel
jdm	jemandem
jdn	jemanden
jds	jemandes
m	masculin
mpl	masculin pluriel
qc	quelque chose
qn	quelqu'un
subj	subjonctif
vulg	vulgaire